Deseo™

Pasión al límite
Sara Orwig

Editado por HARLEQUIN IBÉRICA, S.A.
Núñez de Balboa, 56
28001 Madrid

I.S.B.N.: 978-84-671-6862-4
Depósito legal: B-47226-2008
Editor responsable: Luis Pugni
Preimpresión y fotomecánica: M.T. Color & Diseño, S.L.
C/. Colquide, 6 portal 2 - 3º H. 28230 Las Rozas (Madrid)
Impresión y encuadernación: LITOGRAFÍA ROSÉS, S.A.
C/. Energía, 11. 08850 Gavá (Barcelona)
Fecha impresion para Argentina: 6.7.09
Distribuidor exclusivo para España: LOGISTA
Distribuidor para México: CODIPLYRSA
Distribuidores para Argentina: interior, BERTRAN, S.A.C. Vélez
Sársfield, 1950. Cap. Fed./ Buenos Aires y Gran Buenos Aires,
VACCARO SÁNCHEZ y Cía, S.A.
Distribuidor para Chile: DISTRIBUIDORA ALFA, S.A.

Capítulo Uno

¿Qué estaba haciendo él allí? El momento que Ashley Smith había temido, había soñado durante meses y después se había convencido de que nunca llegaría a suceder, finalmente había llegado.

Mientras el novio y la novia cruzaban la pista para iniciar su primer baile en un exclusivo club de campo de Dallas, la satisfacción de Ashley por lo bien que trascurría la celebración se desvaneció. Más allá de la pareja de recién casados, de pie entre la multitud de invitados, estaba el alto y moreno Ryan Warner. El Ryan Warner millonario, propietario de la cadena de hoteles Warner. El hombre con quien había pasado un fin de semana de pasión salvaje cuatro meses antes.

Mientras el pasado asaltaba a Ashley, la cabeza le daba vueltas. Su primer instinto fue la huida, pero como organizadora de la boda, tenía que permanecer allí para controlar el desarrollo correcto del evento.

El temor la asaltaba, pero seguía pensando que Ryan era el hombre más guapo que había conocido. Sintió que la cabeza le zumbaba al recordar su boca sobre la de ella.

Nunca entendería qué le había sucedido ese fin de semana, por qué su atractiva y cautivadora calidez le había hecho perder el control por primera vez en su vida. Besos calientes, manos mágicas, seducción irresistible... los recuerdos de Ryan aparecieron como destellos en su mente. Recordó su forma de llevar las riendas y su fascinante carisma. Después de haber hecho el amor, se había quedado sorprendida y avergonzada de sus propias acciones.

Y allí estaba, a unos metros de ella en el otro lado del salón de baile, con un vaso en la mano. Las mujeres le sonreían mientras él miraba cómo bailaba la pareja de recién casados. De pronto, Ashley fue consciente de sí misma, de su traje de lino amarillo pálido, la blusa de seda amarilla y los zapatos a juego. Se alisó la falda y se recolocó el pelo.

No había visto el nombre de Ryan en la lista de invitados. Si lo hubiera sabido, no estaría allí, le hubiera dejado el trabajo a su asistente. Ryan era la última persona en el mundo con quien quería encontrarse. Al menos él no la había visto, y Ashley esperó que siguiera siendo así.

Si era posible, intentaría evitarlo. No quería retomar su relación con él. Al menos no antes de sentirse preparada. Aunque él no lo sabía, estaba implicado en el gran secreto que ella ocultaba a su familia.

Recorrió a los invitados con la mirada otra vez. Con más de un metro noventa de estatura, Ryan era fácil de localizar. En ese momento bailaba con una morena guapa, y para alivio de Ashley parecía completamente concentrado en su pareja. Ashley esperaba que hubiera llegado con esa mujer y pronto se marchara con ella.

Ashley se mezcló entre los invitados, mirando de vez en cuando a Ryan mientras recorría el salón asegurándose de que todo transcurría según lo previsto: comprobó que los camareros se llevaban los vasos vacíos, que mantenían los platos llenos y que los invitados disfrutaban de la celebración.

Mientras se acercaba a la pareja de recién casados le tranquilizó ver que todo transcurría perfectamente y que la boda terminaría sin un solo defecto. Emily y Jake Thorne estaban radiantes y sonrientes. Pensó que parecían la pareja perfecta: una bonita novia de pelo castaño con un alto y guapo novio de pelo negro. Durante las primeras fases de organización del evento, Emily había confiado a Ashley que su boda con Jake era un matrimonio de conveniencia. Ashley había calmado las dudas de su clienta, y en ese momento se sentía orgullosa de haber conseguido que ese día fuese algo grande que recordarían el resto de sus vidas.

Había llegado el momento de cortar la tarta y en cuanto terminaron de bailar, Ashley se acercó a la novia.

–Es el momento de cortar la tarta –indicó–. El fotógrafo está preparado y esperando.

–Gracias, Ashley. ¡Esto es maravilloso! –dijo efusiva Emily.

–Me alegro. Por cierto, no recuerdo haber visto el nombre de Ryan Warner en la lista de invitados –añadió como de casualidad.

–Ryan y Jake y el padrino, Nick Colton, son amigos íntimos. Han crecido juntos. Ryan estaba en Europa por negocios y dijo que no podría venir, pero luego nos ha sorprendido esta mañana. Y aquí está. ¿Sabes...?

–Ahí está el fotógrafo –interrumpió Ashley sufriendo otra oleada de aprensión–. ¡Vete a que te hagan unas fotos maravillosas! –se alejó aliviada porque todos los ojos estaban puestos en la pareja.

Estaba segura de que no habría ningún problema con el fotógrafo y que el corte de la tarta se desarrollaría sin incidentes, así que se marchó al tocador para recomponerse. Jake aún tenía que lanzar la liga de Emily y ella el ramo de novia, pero poco a poco, la fiesta iba saliendo adelante. Terminaría pronto, pero no lo bastante.

Cuando Ashley se reunió con los invitados, el grupo aún tocaba y las parejas bailaban. No vio a Ryan y, con la esperanza de que hubiera tenido que marcharse, corrió a revisar las mesas. Estaba mirando la escultura de hielo con forma de cisne en la mesa central cuando notó que una mano le rodeaba la muñeca.

–Bueno, hola –dijo una voz profunda, y sintió que se le paraba el corazón.

Se dio la vuelta y se topó con unos ojos verdes llenos de curiosidad y unas enormes pestañas negras bajo una cabeza de pelo ondulado del mismo color. Unos ojos verdes lo bastante sexys como para acelerarle el pulso. Eran esos inolvidables ojos los que podían hacer estragos en su interior.

–¿Qué haces aquí? –preguntó él–. ¿Conoces a Emily y Jake?

–Sí. Me alegro de verte –dijo intentando escapar aunque seguía sujetándola de la muñeca, lo que le permitiría notar su pulso desbocado.

–Bailemos –dijo Ryan arrastrándola a la pista de baile.

Iba vestido con un traje azul marino y una camisa blanca. Destacaba entre el resto de hombres igual de bien vestidos. Ashley sospechó que se debía al aura de seguridad en sí mismo y sus abrumadoras maneras.

–Hoy no puedo bailar. Soy la organizadora de la boda y estoy trabajando.

–Sabía que eras organizadora de bodas, pero no que te habían contratado para ésta.

–Cuando trabajo, no bailo –dijo tirando ligeramente hacia atrás mientras caminaban en dirección a la pista.

No quería hacer una escena, pero sabía que tenía que librarse de él.

–Tonterías –dijo Ryan sonriendo y rodeándola con sus brazos.

Aunque mantenía la esperanza de poder escapar,

Ashley no pudo evitar notar la firmeza en sus mandíbulas, los prominentes huesos de las mejillas, la nariz recta y los anchos hombros. Recordaba eso último con absoluta claridad: unos hombros musculosos y un pecho duro como una roca. Recordaba con detalle todo lo relacionado con él mientras se ruborizaba y distintas emociones luchaban en su interior.

Tenía que sacarlo de su vida y cuanto antes, mejor. Los recuerdos de sus besos la asaltaban mientras recorría sus facciones con la mirada. Cuando llegó a la boca, se quedó sin respiración.

–Huiste de mí –dijo él mirándola.

–Sí, bueno, ese fin de semana fue un error del que me he arrepentido terriblemente.

–¡Oh! No parecías tan arrepentida en ese momento –dijo estudiándola.

–Fue algo completamente infrecuente en mí. Nunca... nunca me he abandonado de ese modo. Francamente, estoy trabajando y no me apetece nada comentarlo ahora –replicó, con la esperanza de que su voz sonase firme mientras sentía que la excitación la recorría cada vez que sus piernas se rozaban.

–Estás tan guapa como recordaba –dijo con voz profunda.

–¿A cuántas mujeres les has dicho lo mismo últimamente? –preguntó ella–. Mira, tengo...

–No. La recepción va sobre ruedas y los novios están encantados. Relájate y disfruta de bailar conmigo. Infrecuente o no, ¿por qué huiste de ese modo?

–Ya te lo he dicho.

–Entonces fue un gran cambio de opinión, porque durante cuarenta y ocho horas lo pasamos en grande –dijo con voz más profunda, y Ashley supo que estaba recordando cuando habían hecho el amor.

–Eso se acabó –atajó.

7

Ashley se preguntó adónde se habría ido la firmeza de su voz y por qué Ryan tendría ese potente efecto sobre ella.

–No digas eso –murmuró él–. Te busqué, pero no hay ninguna Smith organizadora de bodas en la guía.

–No tengo teléfono fijo –dijo ella pensando en lo civilizadamente que se estaban comportando.

Al mismo tiempo se debatía entre el deseo de besarlo y de salir corriendo.

–Y de pronto mi colega Jake te contrata.

–En realidad, trabajo para Emily.

–Puede ser, pero Jake sabía de ti. Nunca se me ocurrió preguntarle por la organizadora de su boda. No estoy muy metido en el mundo de las bodas.

–Eso ya lo dejaste claro en su momento.

–Al menos tú no lo has olvidado –sonrió.

–Eso es imposible –zanjó ella y Ryan alzó una de sus cejas con gesto interrogativo.

–¿Por qué tengo la sensación de que aquí algo va mal? –preguntó mirándola de un modo tan intenso que Ashley se preocupó.

–Porque es así. Te he dicho que estoy trabajando y que no debería estar bailando.

–No creo que sea eso –dijo, y Ashley apartó la mirada pensando que él era demasiado intuitivo.

La rodeó con más fuerza con el brazo y la atrajo hacia él.

Ella era agudamente consciente del contacto físico, del calor de su mano, de la otra mano en el hombro mientras se movían juntos. Alzó la vista aborreciendo que cada vez que miraba sus ojos, se le acelerara el corazón.

–Mira, lo de ese fin de semana se acabó –él la hizo girar y la llevó bailando hasta una esquina–. He seguido adelante con mi vida –dijo ella.

–No suelo hacer las cosas de ese modo –afirmó él sin dejar de mirarla fijamente–. Quiero hablar contigo –bajó la voz y se acercó más a ella.

–Tengo que...

–Pensaba que los dos lo habíamos pasado muy bien. Tenía la impresión de que tú estuviste entonces tan cómoda como yo.

–Te he dicho, que ese fin de semana perdí los papeles –repitió mientras daba un paso atrás y aumentaba la distancia entre los dos.

Pero aun así, era demasiado cerca. Sus bocas estaban a pocos centímetros. Una mitad de ella quería ponerse de puntillas y besarlo y la otra soltarse y correr. La mitad inteligente tenía que alejarse, por lo que Ashley trató de concentrarse en hacerlo lo más rápidamente posible. ¿Qué tenía él que conseguía destruir su fría lógica tan eficientemente?

–Creo que el tiempo que pasamos juntos fue fantástico. Al menos yo sí te he echado de menos y te he buscado –insistió él.

–Lo siento –replicó ella recordada la razón para querer evitarlo y decidida a poner fin a la conversación–. Lamento contradecirte, pero he visto fotos tuyas... muy recientemente, con una pelirroja entre tus brazos. No has debido de sufrir mucho sin mí. Se acabó. Puede que no estés acostumbrado a oír estas cosas, pero métetelo en la cabeza.

–Dices que se acabó –respondió–, pero ¿qué hay de malo en retomar la relación? –volvió a agarrarla de la muñeca y de nuevo ella supo que notaría su pulso.

–Si eso te hace feliz, admitiré que físicamente respondo a ti, pero ahora tengo un trabajo que hacer.

–Esto es desconcertante –dijo acercándose de nuevo. Ashley bajó la vista a sus sensuales labios recordando otra vez sus fantásticos besos–. Puedo ver en tus grandes ojos azules que no has olvidado ese fin de semana. No creo que te arrepientas tanto como dices –añadió con suavidad.

–Oh, sí, me arrepiento –susurró sabiendo que debería marcharse.

Pero siguió allí, hipnotizada por su intensa mirada. Ryan la miraba como si ella fuese la única mujer en el mundo.

–De acuerdo, ahora estás trabajando. Cuando esto acabe, ven a cenar conmigo y hablaremos. Seguro que puedes dedicarme un poco de tu tiempo –dijo con una sonrisa.

Ashley se quedó en silencio, incapaz de mentir aunque deseando hacerlo.

–Muy bien –dijo él interpretando el silencio como un «sí»–. Si pensase que estaba siendo agobiante y que no me soportas, no insistiría, pero veo que te falta tanto el aire como a mí –su voz era como una caricia–. Si no hay nada más, vamos a cenar y veamos qué sucede.

–No sucederá nada.

–Eso no lo sabes seguro. Deja a mi imaginación que disfrute. ¿Cuándo termina tu trabajo en esta recepción?

–Cuando se marchen los novios. Mi ayudante está aquí y el equipo de limpieza sabe lo que hay que hacer.

–¡Estupendo! Así que vendrás conmigo.

–No le veo ningún sentido...

–Definitivamente tiene sentido –dijo él–. Me hace increíblemente feliz. No puedes hacer añicos mi ego... –le dedicó una amplia sonrisa.

–Eso es imposible.

–Ah, creo que he visto un atisbo de sonrisa –dijo inclinándose para mirarla más de cerca.

–Ya has conseguido lo que querías –replicó ella.

–Sólo en lo que se refiere a la cena, hay muchas más cosas que quiero.

Ashley respiró hondo. El efecto que él tenía sobre sus sentidos definitivamente era magnético. No tenía ningún control sobre la respuesta de su cuerpo. No entendía sus propias reacciones. Él era al mismo tiempo tan autocrático y tan carismático...

—Tengo que volver al trabajo.

—¿Recuerdas el fin de semana que pasamos juntos? —preguntó con suavidad—. Es uno de los mejores que he pasado en mi vida.

—Fue hace mucho tiempo —dijo severa—. Vuelvo al trabajo —se dio la vuelta en dirección a la pista de baile. Ryan salió detrás y la agarró del brazo cuando llegaron a la altura del resto de los invitados.

—Tengo que ver cómo está la novia —dijo Ashley.

—Te buscaré cuando se marchen.

—Bien. Estaré por ahí.

—Parece como si te fuese a encerrar en la cárcel en lugar de llevarte a cenar —dijo él en tono ligero aunque la miró intensamente y con expresión de curiosidad.

Ashley se dio cuenta de que cuánto más trataba de librarse de él, más interés le despertaba.

—Creo que no estás acostumbrado a que te digan que no.

—Tengo que reconocer que tengo curiosidad por conocer el porqué. Podemos hablarlo después. Vete a hacer lo que tengas que hacer.

—Ya veo que os conocéis —dijo Nick Colton uniéndose a ellos y dirigiéndose a Ashley—. Ya te he visto bailando con Ryan. Ahora me gustaría bailar a mí —ocupó el espacio que había entre los dos.

Justo cuando Ashley estaba a punto de declinar la invitación, Ryan se acercó y le pasó un brazo por el hombro.

—Somos viejos amigos. Ashley, en realidad, no puede bailar cuando está trabajando. No has tenido suerte esta vez.

Ashley tenía en la punta de la lengua una objeción cuando Emily le tocó el brazo.

—Por favor, perdonadme los dos —dijo dándose la vuelta en dirección a la novia y deseando haber conseguido evitar que Ryan la hubiese convencido para cenar juntos.

—El fotógrafo me ha preguntado si lanzo ya el ramo —dijo Emily.

—Es el momento, así que sácame de aquí que tengo otras cosas que hacer. Ryan no acepta bien los rechazos.

Una hora después, Emily le dijo que Jake y ella se marcharían pronto. Ashley le pidió a Jenna Fremont, su asistente, que se hiciera cargo, y después se marchó preguntándose si no estaría cometiendo un gran error.

Otra vez provocada por Ryan. Nunca había huido de nadie antes, y se sentía fatal un minuto y aliviada al siguiente. Si él realmente quería verla, ya sabía dónde encontrarla. Aunque sospechaba que otra escapada rápida conseguiría hacer que perdiera el interés. Los hombres como Ryan no corrían tras las mujeres que no querían verlos. Estaban acostumbrados a que las mujeres fueran tras ellos.

Ashley pasó la tarde en su exclusivo dúplex pensando en Ryan. No podía sacárselo de la cabeza y, en cierto sentido, estaba decepcionada por no estar con él.

Recordaba con claridad la excitación que había experimentado a su lado, lo mismo que las razones por las que quería mantenerlo alejado.

La mañana de aquel domingo que habían estado juntos, Ashley había descubierto al despertar que no estaba. Se había envuelto en una toalla y había ido a buscarlo, deteniéndose en seco cuando había oído voces. Estaba discutiendo con una mujer.

Ashley sabía que era un millonario playboy, así que

no debería haberle sorprendido la presencia de una mujer. Pero de pronto había sido consciente de lo estúpida que había sido al entregarse a él completamente ese salvaje fin de semana. Se había vestido y recogido sus cosas. Mientras él seguía hablando, se había escabullido por la puerta trasera, había escapado del bloque de apartamentos y se había metido en un taxi al que había llamado desde su móvil. No habían vuelto a tener contacto hasta... hasta ese día.

Le costó dormirse y dio muchas vueltas en la cama. Cuando finalmente lo logró, soñó que volvía a estar entre los brazos de Ryan. Al día siguiente, mientras se ocupaba de las tareas de última hora de la boda Carlisle-Thorne, no se lo podía sacar de la cabeza.

Daba lo mismo lo que hiciera, Ryan estaba en su cerebro.

No tenían nada en común. Ella era una chica de campo que había ido a la ciudad en busca de trabajo. Mandaba parte del dinero que ganaba a casa para ayudar a su familia porque su padre tenía problemas de salud y habían sufrido una inundación el año anterior. También su hermano había dejado los estudios en la universidad para trabajar en la granja. El mundo de Ryan estaba a años luz del suyo. Era multimillonario, un hombre hecho a sí mismo que se movía en los círculos internacionales. Solía llevar a su lado a una mujer bonita y famosa y vivía a todo tren.

Le sorprendió que hubiera reparado en ella cuando habían coincidido en una fiesta, y había caído en sus brazos y en su cama con completo abandono. Después de eso ¿por qué no iba a disfrutar de un placentero fin de semana que quería prolongar?

Al pensar en esa gran fiesta, organizada en un club de campo de Dallas por una organización benéfica, Ashley recordó cómo se había resbalado un camarero con una bandeja llena de copas de champán. Unos fuertes brazos la habían sacado del recorrido de las bandejas al precipitarse, y al alzar la vista, Ashley se había encontrado con los cautivadores ojos verdes de Ryan. La atracción fue instantánea e intensa. Habían hecho las presentaciones. Habían flirteado y él le había encantado. Al final había dicho a sus amigos que no se marchaba con ellos porque Ryan la llevaba a casa. Habían ido a su apartamento y en una hora estaba entre sus brazos y después en su cama. Le había entregado su cuerpo, había explorado el de él y compartido su vida, incluso le había hablado de la desesperada situación de su familia y de cómo ella los ayudaba. ¿Por qué se había mostrado así de abierta con él? La había seducido y se había ganada su total confianza.

Disgustada consigo misma, trató de dejar de pensar en él centrándose en sus extractos bancarios y en comprobar los ingresos y pagos del último mes. Rellenó el cheque mensual para su padre, que incluía como siempre hasta el último céntimo del que podía disponer.

Cuando terminó, pasó otra noche sin dormir antes de ir a trabajar el lunes por la mañana.

Trató de concentrarse en el trabajo, se reunió con un cliente, concertó citas, habló con restaurantes y floristerías. Pasó el día, distrayéndose constantemente. Perdía el hilo de sus pensamientos y se daba cuenta de que estaba mirando al infinito pensando en Ryan.

No sabía nada de él desde la boda del sábado y decidió que habría seguido con su vida y que lo había visto por última vez. Era lo mejor.

Cuando era casi la hora de cerrar, salió de su despacho y fue hacia el mostrador de Carlotta, la recepcionista, para consultar una cita. Carlotta estaba al teléfono y Ashley se alejó del mostrador para esperar que terminara de hablar. Cuando miró por el escaparate, vio un deportivo negro aparcando en ese momento. Se abrió la puerta y salió Ryan.

Ashley se quedó paralizada. Con unos pantalones azul marino, una camisa blanca y corbata del color de los pantalones, estaba tan guapo como siempre. El viento le agitaba unos mechones de pelo encima de la frente y sus grandes zancadas revelaban confianza y decisión.

Ashley no quería una confrontación con Ryan en público, así que salió fuera a toda prisa. Sin prestar atención al brillante sol, el dulce aroma de los frutales en flor, el incitante sonido de la fuente cercana, se concentró en el paso del hombre que se dirigía hacia ella. Cuadró los hombros y se dirigió a su encuentro sabiendo que tenía que convencerlo de que era cierto lo que le había dicho en la boda.

Tenía que deshacerse de él. ¡Iba a ser difícil! Cada centímetro cuadrado de su piel quería estar entre sus brazos. Deseaba sus besos y mientras lo veía caminar en dirección a ella, trató de reprimir su inclinación a salir corriendo hacia él y hacer lo que le pidiera.

Pero sabía que no podía hacer algo semejante, y mientras lo miraba sintió cómo se le quebraba la voluntad. Algún día, lo sabía, tendría que decirle le verdad, pero no tan pronto. En ese momento quería llevar la vida que llevaba y no quería que alguien como Ryan interviniera en sus decisiones.

Apretó los puños recordando que tenía que permanecer firme. Él no podía averiguar la verdad tan pronto. Estaba embarazada desde aquel fin de semana salvaje y quería llevar eso en secreto el mayor tiempo posible. Dio un paso adelante para encontrarse con él, se cruzó de brazos y separó las piernas lista para la confrontación.

–¿Qué haces aquí?

Capítulo Dos

Los verdes ojos de Ryan bailaron divertidos.

–Hola –aunque sonreía, su mirada estaba llena de intención.

–Ryan, ya te he dicho que no quiero verte.

–Ya, pero después cambiaste de opinión y dijiste que cenarías conmigo –dijo él–. Además recuerdo tu pulso acelerado cuando estuvimos juntos. Hay un conflicto entre lo que dices y cómo lo dices. Y algunas otras cosas.

–Estoy tratando de hacer las cosas bien –dijo ella consciente de que estaba atrayendo la atención de sus empleadas–. Ya he hecho el tonto contigo, ahora estoy haciendo lo correcto.

–Quizá. Por cierto, están tan guapa como siempre –murmuró mirándola con detenimiento–. Cada vez que te veo estás estupenda. Espectacular –añadió con suavidad.

–Gracias –respondió ella con solemnidad. Agradecía los cumplidos y deseó sonreír, pero no lo hizo–. Estoy trabajando.

–He llamado esta mañana y tu recepcionista me ha dicho que salías a las cinco. Creo que faltan cinco minutos y he venido porque aún tengo que llevarte a cenar. Dijiste que irías conmigo, así que me lo debes, Ashley. Si de verdad pensara que no quieres estar conmigo, me habría marchado –le agarró suavemente la muñeca y el contacto de sus dedos hizo que un estremecimiento le recorriera el cuerpo–. En realidad –dijo con ese tono ronco que hacía que saltaran chispas dentro de ella–, estoy buscando a la mujer que pasó un fin de semana conmigo.

–Creo que ese fin de semana perdí la cabeza.

–Hablemos de ello durante la cena –miró por encima del hombro–. ¿Puedo ver tu oficina? –mientras Ashley pensaba en alguna respuesta a toda velocidad, él sonrió–. Bien –le pasó un brazo por los hombros–. Enséñamela y después te llevaré a comer algo y charlaremos.

Mientras su cabeza se debatía entre lo que debería haber dicho y lo que podía decir, Ashley entró con él, pero casi toda su atención estaba depositada en el brazo que tenía sobre sus hombros y el roce de su costado. Tenía que soltarse. Ryan estaba tomando el control, y no quería que descubriera que estaba embarazada. Detestaba que sintiera lástima de ella. No quería una proposición basada en su sentido del deber. Menos aún quería que Ryan tuviera algo que decir sobre ella y su hijo. Lo que más miedo le daba era que recurriera a sus millones para separarla de su bebé.

Desde el primer momento en la consulta del médico, cuando casi se había desmayado al escuchar la noticia, había empezado a darle vueltas a cómo manejar el asunto con Ryan.

Habían usado preservativo, pero el médico le había dicho que no eran efectivos al cien por cien. Así que en un fin de semana salvaje como sólo hay uno en la vida, se había quedado embarazada de un hombre a quien apenas conocía. Mientras caminaba a su lado, se frotó la frente. ¡Qué complicada se había vuelto su vida!

Ashley aún no había decidido cómo darle la noticia a su padre, su hermano y su abuela... mucho menos a Ryan.

Había considerado todos los aspectos y al final había decidido que lo mejor era mantener a Ryan fuera de su vida hasta que hubiera dado a luz.

No tenía ni idea de cuál sería su reacción ante el embarazo. Sabía que llegaría un día en que tendría que decirle que era padre, pero quería que fuera lo más tarde posible, cuando ya tuviera al bebé entre sus brazos y la vida más establecida, preferiblemente Ryan lejos y felizmente emparejado con otra mujer. Le dolía pensar en eso último, pero sabía que era lo más inteligente.

–Esto es precioso, Ashley –dijo él mientras se aproximaban a la puerta principal con sus tiestos de flores a ambos lados–. Se me ha olvidado lo que me contaste. ¿Cuánto hace que te dedicas a organizar bodas?

–Casi un año –respondió ella sin pensar casi en la pregunta.

Ryan abrió la puerta para que ella pasase. Carlotta lo miraba con una sonrisa y evidente curiosidad.

–Hola –dijo.

–Carlotta, éste es Ryan Warner. Ryan, ella es Carlotta Reyna, mi recepcionista y secretaria –dijo Ashley mientras Carlotta se inclinaba hacia delante tendiendo una mano –agarró a Ryan del brazo–. Voy a enseñar la oficina a Ryan. Cerraré yo –dijo a su empleada, que asintió incapaz de dejar de mirar a Ryan.

–Tienes un potente efecto sobre las mujeres –dijo Ashley cuando cruzaron la recepción y Carlotta ya no podía oírlos–. Pensaba que Carlotta se iba a desmayar de placer cuando le estrechaste la mano.

–No tengo ningún efecto donde es importante –dijo sonriendo.

–Ya he pasado por eso. Seguramente provocarías el mismo efecto en mi asistente. Las dos son solteras.

–Sólo tengo un interés.

Ignorando su respuesta, aunque casi la había dejado sin respiración, Ashley lo llevó a una gran sala y le señaló unas estanterías llenas de libros enormes.

—Éste es el espacio de los clientes. Aquí les enseño un muestrario de tartas y distintas decoraciones.

Ryan miró el alegre espacio con sus mesas y sus cómodas sillas y ella se preguntó si estaba siquiera remotamente interesado en su negocio.

—Preséntame a tu asistente y enséñame tu despacho —dijo mirándola con ojos de deseo.

Mientras lo miraba, Ashley pensó «si tan sólo...». De inmediato interrumpió esa línea de pensamiento. Tenía que sacar a Ryan de su oficina y de su vida.

—Ven conmigo —dijo, y echó a andar por un pasillo con él detrás.

Casi chocaron con Jenna, quien al ver a Ryan sonrió.

—Jenna, éste es Ryan Warner. Ryan, mi asistente, Jenna Fremont.

—Es Ryan Warner de verdad —dijo Jenna como si le hubiesen presentado a una estrella de cine.

—El mismo. Y tú eres Jenna Fremont de verdad —dijo sonriendo.

Parecía como si Jenna se fuese a derretir mientras le sonreía.

—Soy la única Jenna que hay por aquí —rió—. Me alegro mucho de conocerte. He visto fotos tuyas por todas partes.

—Espero que no haya sido en carteles de «Se busca» —bromeó arrancando más risas en ella.

—Estoy enseñando a Ryan las oficinas. Yo cerraré, Jenna.

—Me alegro de haberte conocido, Jenna —dijo él—. Nos veremos otra vez, te lo aseguro.

—Eso espero —susurró ella, y Ashley esperó no mostrarse así de impresionada por un hombre jamás.

–Es evidente que las dos piensan que eres imponente. Si no quieres ir con Carlotta, ¿por qué no te vas a cenar con Jenna? –sugirió Ashley cuando se quedaron solos.

Él sonrió.

–No hacen que se me desboque el corazón –dijo él–. Es curioso cómo quieres emparejarme con otra.

–Éste es mi despacho –dijo Ashley abriendo una puerta e ignorando su comentario.

Como un gato en un entorno desconocido, Ryan recorrió la espaciosa habitación mirando las fotografías de las paredes y de la mesa, todas de bodas. En el escritorio, se detuvo y se inclinó. Ella se preguntó qué estaría mirando, hasta que se dio cuenta de que era su calendario.

–Esta noche estás libre, estupendo.

Ashley negó con la cabeza sabiendo de antemano que había perdido la discusión.

–Te prometo que será una gran noche –dijo él mirándola a los ojos como si notara las chispas que saltaban entre ambos–. Te llevaré a tu sitio favorito, a menos que quieras venir al mío –dijo, y le dedicó otra de esas sonrisas que la derretían al hacerle recordar lo que había sentido entre sus brazos.

Después siguió mirando libros y fotografías en los estantes y eligió una de ella en la granja con su padre.

Con el marco en las manos, miró la foto y después miró a Ashley.

–Preciosa. ¿Echas de menos la granja?

–No, no quiero ser granjera. Mi hermano se ocupa de ella con mi padre.

–Son más de las cinco –dijo él mirando su reloj–, así que podemos cerrar. Yo conduciré, y luego te traeré para que recuperes tu coche.

–Ryan no...

Él se acercó y le pasó un brazo por la cintura.

–Quiero estar contigo, hablar contigo, volver a verte –dijo con voz ronca mientras con una mano le acariciaba la nuca–. Recoge tu bolso, te ayudaré a cerrar.

Salió de su despacho. Ashley sacudió la cabeza y entró a un pequeño cuarto de baño para mirarse en el espejo.

–Líbrate de él –se dijo en un susurro.

¿Por qué tenía que ser tan increíblemente guapo? Tan sexy, tan fascinante. ¿Por qué su cuerpo respondía a él de ese modo? Recordó las reacciones de Jenna y Carlotta. ¿Qué mujer no respondería?

Cuadró los hombros, respiró hondo y salió de su despacho apagando las luces y dispuesta a cerrar. Él estaba de pie al lado del panel de la alarma.

–¿Tienes un código para esto? –preguntó.

Se lo dijo, y después lo vio marcar los números.

–Lo has hecho todo muy bien –dijo Ashley mientras salían–. Eres muy eficiente.

–Gracias –respondió él–. Me alegro de escuchar que hago alguna cosa bien.

–Haces muchas cosas bien –señaló, seca, y recibió una mirada curiosa a cambio.

–Eso es interesante. Mucho –dijo él–. ¿Significa eso que quieres de mí una conducta un poco incivilizada?

–No mucho –murmuró.

–¡Qué más quisiera yo! –respondió él mirando a su alrededor–. Es una buena ubicación para tu negocio, ¿verdad? Estás en el entorno adecuado; seguramente recibes constantemente clientes de alto poder adquisitivo.

Ashley asintió pensando que podía añadir la capacidad de observación a sus cualidades. Mientras caminaba a su lado hacia el coche, acomodó su paso al de ella y siguió hablando del trabajo.

Le abrió la puerta del deportivo. Una vez dentro, Ashley pasó la mano por la tapicería de cuero y volvió a pensar en lo distintos que eran sus mundos. Una vez él se hubo sentando también, se volvió a mirarla.

—¿Tienes algún restaurante favorito?

—Dejaré que decidas tú –dijo Ashley encogiéndose de hombros–. ¿Cuál es el tuyo, Ryan?

—¿Prefieres carne, langosta o faisán?

—Me gusta cualquier cosa si no está muy especiada.

—¿Incluyendo los hombres de negocios altos y de pelo negro?

—No puedes evitar flirtear, ¿verdad?

—¿Contigo?, imposible. De acuerdo, te llevaré a uno de mis sitios favoritos –dijo sonriendo y haciéndole una caricia en la mejilla–. Realmente te he echado de menos –aseguró, en un tono de voz que afectó a Ashley mucho más que la caricia.

—Me cuesta creerlo –dijo contenta de que no pudiera darse cuenta de lo acelerado que le latía el pulso.

—Reconozco que no me he quedado en casa mirando a la pared –dijo con otra sonrisa– porque no sabía si volvería a verte o no.

—Realmente lo del sábado fue una sorpresa.

—Espero que agradable. Estoy intentando que cambies esa actitud distante.

Ashley no pudo evitar sonreír.

Mientras hablaban, él conducía suavemente. Al llegar a la entrada del restaurante cubierta con un toldo, un aparcacoches de uniforme se acercó a abrirles la puerta.

El comedor daba a un estanque cubierto de nenúfares en flor. Líneas de luminarias de colores colgaban sobre las mesas y había buganvillas rojas y amarillas en macetas colgantes.

Los llevaron a una mesa que daba al estanque. Sentada frente a él, Ashley supo que recordaría ese lugar y esa noche toda la vida. El camarero le tendió a ella una gruesa carta negra, a Ryan la carta de vinos y les hizo alguna sugerencia.

–Si te gusta la langosta, aquí es muy buena. También la carne es excelente –dijo Ryan ofreciéndole la carta de vinos.

Ashley sonrió y sacudiendo la cabeza dijo:

–Sólo beberé agua.

Ryan pidió vino blanco para él y cuando se marchó el camarero, le agarró una mano a Ashley por encima de la mesa. Sus dedos resultaban cálidos. El ligero contacto la perturbaba e incrementaba su anhelo.

–Tiene que haber alguna razón para que no quisieras volver a verme. Y tiene que ser algo más que haber perdido la cabeza ese fin de semana. Creo que lo pasamos muy bien.

–Ryan, trata de comprender. Ese fin de semana fue algo tan contrario a mi forma de ser...

–Vale, pero ahora nos conocemos. Si quieres que llevemos las cosas un poco más despacio, podemos. Si nos acabásemos de conocer y te pidiera salir, ¿saldrías conmigo?

–Sí, seguramente, pero esto es diferente. Tenemos una historia, tú no te arrepientes y yo sí.

–Lo que he dicho es que podemos retomar la relación más despacio –dijo él acariciándole la mano.

–¡Ryan!

La voz de una mujer interrumpió la conversación, Ryan soltó la mano de Ashley y se puso de pie.

–Hola, Kayla –dijo él–. Ashley, ésta es Kayla Landon. Kayla, ella es Ashley Smith.

Ashley sonrió a la escultural pelirroja que debería haber sido capaz de hacerle olvidar a Ryan a todas las demás. Llevaba un vestido negro ceñido que terminaba en unos flecos con forma de espaguetis sobre las rodillas. Ashley reconoció en ella a la mujer con la que Ryan había hablado en su apartamento aquella mañana de domingo.

–¿Qué tal? –dijo, antes de recibir una mirada helada de Kayla, que enseguida se volvió hacia Ryan.

–Escucharás mi mensaje cuando llegues a tu apartamento –dijo ella–. Espero verte el sábado por la noche en mi fiesta. La última fue tan divertida... –ronroneó mientras le acariciaba el brazo.

–Te llamaré, Kayla –dijo él despreocupado.

–Mañana –le dio un beso en la mejilla sin preocuparse siquiera de despedirse de Ashley.

–Bueno, ¿por dónde íbamos? –dijo Ryan, volviendo a sentarse y mirando a Ashley.

–Es la mujer que estaba en tu casa el domingo que yo estaba allí.

–Ah –dijo, y la miró con detenimiento–. Por eso desapareciste sin decir una palabra.

–No del todo. Simplemente me recordó las diferencias que había entre nosotros. Tú y yo vivimos en mundos separados. Tú tienes tu lujoso estilo de vida de rico. Yo me he criado en una granja y llevo en esta ciudad menos de un año. Aún tengo heno en el pelo.

Ryan sonrió y enredó un largo mechón rubio de Ashley en su dedo pulgar.

–Luego te pasaré los dedos por el pelo a ver si te queda algo de heno –dijo con su magnética voz.

–Estás haciendo esto algo molesto –murmuró ella con un suspiro.

–Yo no estoy siendo el que pone las cosas difíciles. Para mí, la situación es sencilla. Un hombre quiere salir con una mujer. Ese hombre y esa mujer han pasado juntos un tiempo fabuloso. ¿Qué problema hay?

–Vas demasiado deprisa –replicó ella–. Me arrepiento de ese fin de semana, pero no puedo dar marcha atrás y deshacerlo.

–De acuerdo, iremos más despacio. Ese fin de semana no ha ocurrido jamás. Nos conocimos en la boda el sábado pasado, quiero verte y estás aquí cenando conmigo. Así está bien. Sencillo –volvió a enlazar sus dedos con los de ella por encima de la mesa–. Quiero que pasemos una gran noche, así que dejemos esta discusión para más tarde.

–Así es como terminas tú las discusiones –dijo Ashley, y a cambio recibió otra sonrisa que la desarmó.

–Y ya que dices que somos de mundos diferentes, ¿sabes dónde me crié yo?

–No, no hablamos mucho el fin de semana que pasamos juntos –le recordó, y él volvió a sonreír.

–Tú hablaste el fin de semana. Yo no –señaló–. Mi padre hacía cualquier trabajo que podía: lavar platos, camarero de cafetería, abrir zanjas. Mi madre limpiaba casas. No teníamos prácticamente nada. Apuesto a que de pequeña tuviste una vida más cómoda que la mía.

–No conocía tu historia. Sabía que te habías hecho a ti mismo porque lo he leído en las revistas, pero no mucho más. Excepto las mujeres sofisticadas y hermosas con que se te ve.

–Las revistas siempre andan buscando el sensacionalismo. Mi historia es sencilla. Mi madre murió demasiado joven. Mi padre aún vive y mis hermanos y yo cuidamos de él. Ha trabajado mucho en su vida y no tiene que hacer ya nada más. Soy el mayor. Ayudé a mis dos hermanos a empezar y lo están haciendo bien. Brett es piloto comercial y Cal, el pequeño, es contable y trabaja para mí. Empecé a ganar dinero cortando césped cuando tenía once años.

Ashley asintió consciente de que sus mundos no estaban tan distantes como había pensado. Aun así le costaba imaginárselo viviendo en la pobreza.

–¿Cómo fue el milagro de llegar a ser millonario? –le preguntó.

–Es una larga historia. Algo de suerte, trabajo duro y ayuda de los amigos. Nick Colton y Jake Thorme eran mis colegas, y ambos tenían orígenes sencillos, como yo. Hicimos un pacto en la universidad de llegar a ser millonarios y ayudarnos unos a otros a lograrlo.

–¡Guau! Eso es impresionante. Los tres tuvisteis éxito.

–Sí. Nick el que más. Son buenos amigos. Jugábamos al fútbol en el instituto y después en la universidad y trabajábamos en verano en un equipo de jardinería. Éramos todos altos. Jugué como profesional dos años e invertí todo lo que gané con Jake, que siempre ha sido un mago de las finanzas. Después dejé el fútbol y me dediqué a construir hoteles.

–No me sorprende que los tres seáis tan amigos.

–No habría podido hacer lo que he hecho sin ellos –Ryan guardó silencio mientras el camarero dejaba en la mesa dos ensaladas y pan–. ¿Con qué frecuencia vas a la granja? –preguntó cuando el camarero se hubo marchado.

–Desde que me mudé aquí tengo los fines de semana ocupados con bodas, así que me resulta muy difícil ir. Fui en vacaciones y en febrero una semana porque mi asistente se hizo cargo de las bodas.

El camarero apareció con sus platos. Ashley miró su plato de camarones cubiertos con tomates secados al sol y champiñones sobre un nido de cabello de ángel, mientras que en el plato de Ryan había un jugoso y grueso solomillo.

—Fantástico —exclamó después del primer bocado—. No me extraña que este restaurante sea lo que más te gusta.

—No, éste es mi lugar preferido para comer. Hay otra cosa que me gusta más —dijo él con voz profunda y con una mirada intensa.

—Creo que me he convertido en un reto para ti. Quizá si empiezo a quedarme colgada de cada palabra que dices y a mirarte con adoración como Carlotta y Jenna, huyas a las colinas.

—Prueba a ver —dijo con un guiño.

Ashley no pudo evitar tomarle la mano y batir las pestañas.

—Oh, Ryan, cuéntame más de ti —dijo arrastrando las sílabas y hablando en un susurro.

Él respiró hondo y la diversión se desvaneció de su rostro.

—Eso sólo hace que quiera pedir la cuenta y marcharnos para quedarme a solas contigo —gruñó—. Pierdo el interés por la comida y la conversación.

—No ha tenido el efecto que esperaba —Ashley apartó la mano y se irguió—. No volveré a intentarlo —dijo y él sonrió una vez más.

—¡Qué lastima! Ha sido el mejor momento de la noche. ¿Seguro que no quieres continuar?

—No concibas falsas esperanzas porque no va a suceder nada.

—Habría actuado de otro modo, pero contigo es completamente imposible. De acuerdo, volveré a empezar. ¿Por qué no me hablas de ti? ¿Qué esperas del futuro? ¿Qué quieres para tu vida? No creo haber hablado contigo antes de eso.

Aquellas preguntas le recordaron a Ashley que tenía que librarse de él y decidió ignorar lo mucho que estaba disfrutando a su lado. Se encogió de hombros.

–Me gusta mi trabajo y espero seguir con él. Aunque es una franquicia, es como si fuese mi propio negocio. Tengo una parte de los beneficios, así que si el negocio va bien, mis ingresos aumentan.

–Eso está bien –asintió él–. Trabajar para uno mismo es satisfactorio.

–A tu nivel seguro que sí –remarcó, seca.

–Al tuyo también. Lo acabas de decir. ¿Cuál es la mejor boda que has hecho?

–La que más he disfrutado... –se paró a pensar un momento–. Seguramente la del pasado diciembre. Fue una boda de Navidades, con una bonita decoración en verdes y rojos –le habló de la ceremonia mientras se preguntaba si realmente le interesaría su conversación.

Los camarones estaban deliciosos, pero no tenía mucho apetito, y se dio cuenta de que Ryan tampoco. Mientras hablaba, él la escuchaba mirándola y agarrándole una mano. El más mínimo contacto incrementaba su conciencia de él.

Hablaron de diversos asuntos y Ryan flirteó ocasionalmente. Después le pidió la cuenta al camarero.

Ashley miró a su alrededor y se dio cuenta de que eran casi los últimos clientes. Miró el reloj.

–¡Dios mío! Son las diez. Llevamos aquí horas.

–El tiempo vuela cuando se está disfrutando –dijo Ryan mientras sonreía–. Y lo he pasado muy bien esta noche.

Mientras se dirigían al coche, Ashley reconoció que era guapo y una compañía agradable, lo que le hacía desear que la situación entre ellos fuera distinta.

–Sabes que yo también lo he pasado estupendamente –dijo ella–. Y sé que quieres que lo reconozca.

–Me gusta que seas sincera. Tu reconocimiento me reconforta –dijo mirándola intensamente.

–Como si necesitases ánimos –Ashley se echó a reír al tiempo que llegaban al coche. El le abrió la puerta.

–¿Me estás llamando arrogante?

–Tienes confianza en ti mismo. ¿Mejor?

–Mucho mejor. Me quedo con la confianza –se inclinó para hablarle más cerca mientras Ashley se acomodaba dentro del coche. Cerró la puerta y ella lo miró rodear el coche, entrar y sentarse a su lado–. ¿Tu casa o la mía?

–Mi casa y...

–No tomes decisiones precipitadas –cortó él–. Veamos. Te he dicho que iba a ir despacio y lo estoy haciendo, ¿no es verdad?

–Sí –tuvo que responder porque así era.

Pero eso no significaba que seguiría así, y sabía que cada minuto que pasasen juntos fortalecería el vínculo que había entre ambos.

–Dime dónde vives y vendré a buscarte por la mañana para llevarte a la oficina, ya que tienes el coche allí.

–Bueno, no tiene sentido discutir contigo –le dio la dirección.

Le dijo la contraseña para atravesar las puertas de hierro del complejo de apartamentos y pasaron al lado de varios bloques de ladrillo visto de una y dos plantas hasta que llegaron al suyo. Ryan se bajó a abrirle la puerta y la acompañó hasta el porche, donde se detuvo a mirarla.

–Ha sido una gran noche, Ryan.

—Es temprano, realmente temprano –dijo él–. Me gustaría ver tu casa.

Una parte de ella quería dejarlo entrar y otra quería decirle que se fuera. Ryan estaba de pie en silencio esperando pacientemente hasta que Ashley ya no pudo resistir más.

—¿Quieres entrar? –preguntó sonriendo y sabiendo que era exactamente lo que él deseaba.

—Gracias, por supuesto.

Abrió la puerta y se detuvo a desconectar la alarma y encender la luz del diminuto vestíbulo.

Ryan entró y ella lo guió hasta el salón, donde encendió una lámpara mientras él miraba a su alrededor.

—Es preciosa, Ashley.

—Me he mudado aquí hace aproximadamente un mes y acabo de poner muebles nuevos –explicó ella.

Una lámina impresionista colgaba encima de la repisa de la chimenea. El sofá y los sillones a juego estaban tapizados con terciopelo azul antiguo. El suelo era de tarima. Pero su casa era modesta y pequeña en comparación con el enorme apartamento de Ryan, con terraza e impresionantes vistas de Dallas. Tenía cuatro dormitorios, un centro de ocio, gimnasio, salón y comedor. Estaba totalmente amueblado con maderas nobles y disfrutaba de todas las comodidades.

Ashley pensó que su dúplex tenía que ser poco impresionante para él, que aun así estaba siendo amable.

—Aquí, en el cuarto de estar, es donde paso todo el tiempo –dijo ella guiándolo a una sala pequeña e informal con un sofá tapizado en flores brillantes, dos sillones a juego y una mesita baja de roble.

Ryan se acercó a una mesa que había en un rincón y miró el juego de ajedrez que había encima.

–Ah, una partida empezada.

–Juego con alguien a través del ordenador –dijo ella.

–Tenemos que echar alguna vez una partida –le propuso él.

–Imagino que serás un excelente jugador de ajedrez –Ashley era incapaz de imaginárselo haciendo alguna cosa que no consistiera en dirigir algo con éxito.

–Ya veremos –dijo él–. Es difícil juzgarse a uno mismo.

–No –se echó a reír–. No quieres admitir, sobre todo antes de jugar conmigo, que raramente pierdes.

–Voy a tener que mejorar mi imagen contigo –bromeó él.

–No, y ni siquiera lo intentes –replicó ella consciente de que lo estaba retando una y otra vez.

Las paredes estaban llenas de estantes con libros y Ryan cruzó la sala para estudiar su contenido. Ashley sabía que lo recordaría dando vueltas por su casa. Miró sus anchos hombros y recordó cómo era desnudo, al levantarse de la cama.

Respiró hondo y trató de concentrarse en otra cosa.

–La cocina está ahí –dijo llevándolo a un sitio que sería como la sexta parte de la cocina de él. Tenía una mesa pequeña y una diminuta encimera aislada en el centro–. Y ya está –sonrió–. A menos que quieras ver el trastero.

–No he visto tu dormitorio –le recordó–. Hazme el recorrido completo.

–Claro –respondió ella tratando de parecer desenfadada e intentando no pensar en una cama y Ryan dentro de ella–. Aquí está –dijo entrando en un dormitorio azul con él detrás.

Ryan miró lo que había en la mesa y colgado de las paredes. Se detuvo y agarró un trofeo.

—Eres buena al tenis. Tendremos que jugar también.

—Lo he dejado –dijo y lo vio arquear una ceja.

—¿Y eso? –preguntó dejando el trofeo en su sitio.

Ashley se dio cuenta de que no podía decirle la verdad, así que pensó en una excusa, pero no se le ocurría ninguna y el silencio empezó a despertar en ella el pánico.

—Codo de tenista –dijo finalmente.

—Una pena. Me encantaría echar un partido de tenis y jugar contigo al ajedrez. Son dos cosas que a ambos nos gustan, así que podríamos hacerlas juntos.

—Ambas son competitivas.

—Mejor –contestó el con suavidad–. Me gusta competir contigo.

—Sospecho que te gusta competir con el mundo porque la mayor parte de las veces estás satisfecho con el resultado –dijo ella y Ryan sonrió.

—¿Qué haces con el codo? –preguntó acercándose a ella.

—No se puede hacer mucho –respondió Ashley evitando su mirada y deseando que cambiase de tema–. Ya que has visto mi habitación...

Ryan se dio la vuelta y miró la cama.

—Ahora ya sé dónde imaginarte cuando hable contigo por teléfono –había bajado la voz levemente, y Ashley se preguntó si también estaría recordando su fin de semana juntos.

—Fin del recorrido. ¿Quieres algo de beber?

—Claro. Un refresco.

Fue tras ella hacia la cocina, donde sacó un refresco para él y agua fría para ella y un plato de galletas.

—Podemos ir al cuarto de estar, que es más cómodo –propuso Ashley.

Un segundo después ella estaba sentada en el sofá y él en uno de los sillones a cierta distancia. Ashley se dio cuenta de que estaba cumpliendo lo que había prometido: ir despacio.

–¿Conoce tu familia este sitio?

–Aún no. Mi padre y mi hermano no vienen a la ciudad a menos que haya una venta de ganado o algo así. Mi abuela apenas sale de la zona.

–¿Cómo está tu padre?

–Está algo mejor según cuenta mi hermano. Jeff dice que sigue trabajando demasiado para un hombre que ha tenido un infarto, pero no hay nada que podamos hacer al respecto. La inundación del año pasado fue otro duro golpe. El seguro de salud es un problema interminable.

–¿Sigues ayudando económicamente?

–Sí, quiero hacerlo –respondió.

–Sé a qué te refieres –dijo Ryan, y Ashley se preguntó si recordaría los sacrificios de sus primeros años.

–Siento que tu familia tenga problemas –estiró las piernas.

–Bueno, saldrán adelante. Mi padre dice que siempre se sale.

–¿Qué bodas tienes por delante? –preguntó Ryan cambiando de asunto.

Mientras ella hablaba, Ashley se dio cuenta de que era bueno escuchando. Finalmente, Ryan se levantó y recogió su vaso.

–Dejaré esto en la cocina y me marcharé. Es tarde.

Ashley miró el reloj y se dio cuenta de que era casi la una de la madrugada.

–¡Cielos! Los días de trabajo me acuesto pronto.

–Siento haber retrasado tu hora de ir a la cama. Deberías haberme echado.

33

–Oh, claro –dijo ella–. Deja el vaso, yo lo recojo.

–Como voy a llevarte mañana a trabajar –se acercó a ella–, podemos desayunar juntos. Eso es algo inocente.

–Ryan, nada es inocente contigo –respondió.

–Ah, eso sí que es una gran noticia.

Ashley negó con la cabeza.

–Así que incluso desayunar conmigo te resulta peligroso –añadió Ryan–. Alguna vez tendré que descubrir por qué, pero aún no. Esta noche me estoy tomando las cosas muy despacio, ¿verdad?

–Por supuesto, y también debes oírme decir estas cosas.

–Sólo deseo hacer lo que tú quieras que haga –dijo con tono inocente.

Se mantenía a una cierta distancia de ella y estaba tomándole el pelo, pero Ashley tenía que reconocer que había pasado una noche muy agradable con él. Se habían tocado ligeramente y de forma casual, pero cada contacto había sido abrasador. Y el deseo seguía firme, hasta en ese momento se moría por rodearlo con los brazos y besarlo. Ella no tenía ninguna intención de hacerlo, aunque estaba segura de que antes de irse eso era precisamente lo que iba a hacer él. No podía imaginárselo marchándose sin darle un beso.

–¿Desayunemos juntos, entonces?

–De acuerdo –dijo Ashley mirando el reloj–. Tengo que irme a dormir. Llamaré para decir que voy a ir más tarde, así que pásate a las ocho y media, ¿o eso te resulta muy tarde?

–A las ocho y media está bien –se acercó a la puerta y se dio la vuelta para mirarla.

–Gracias por la deliciosa cena –dijo Ashley–. Ha sido una noche estupenda.

–Pensaba que había sido fantástica. No puedo esperar hasta el desayuno. Buenas noches, Ashley.

–Buenas noches, Ryan –respondió mientras el corazón se le salía del pecho.

Para su sorpresa, él se dio la vuelta y se acercó a grandes zancadas hasta el coche. Estaba asombrada de que no le hubiera dado siquiera un beso pequeño y trató de ignorar la decepción que sentía.

Le dijo adiós con la mano, cerró la puerta y apagó las luces. Se sentía más vinculada con Ryan que antes, lo sabía, y estaba convencida de que eso iba a complicarle la vida.

No fue hasta que se estaba duchando a la mañana siguiente que se dio cuenta del gran error que había cometido. Preocupada, se secó el pelo mientras pensaba en Ryan. Se había comprometido a desayunar con él sin acordarse de que muchos días sufría vómitos por la mañana. Sabía que no conseguiría cancelar el compromiso; además, ella no tenía coche. Rumiando qué hacer, se puso una falda azul marino y una blusa blanca y se recogió el pelo.

A las ocho y media en punto, Ryan llamó a la puerta. Cuando abrió, Ashley se quedó sin respiración al verlo.

Llevaba un traje negro carbón y una corbata roja. Estaba increíblemente guapo.

–Estás estupendo –no pudo evitar decir mientras pensaba que su bebé tendría el más guapo de los padres.

–En mi línea –dijo él recorriéndola lentamente con la mirada.

Cuando sus miradas se encontraron, Ashley respiró hondo porque notó perfectamente el deseo en sus profundos ojos verdes.

–Espera que voy a por el bolso –dijo, consciente de que le había salido la voz sin aliento y preguntándose si él lo habría notado.

Mientras volvía, sintió cómo Ryan la miraba y no pudo evitar desear tentarlo.

–Estás preciosa –dijo él tranquilamente.

–Gracias, aunque el cumplido es un poco exagerado. Una blusa blanca y una falda azul es ropa de lo más corriente para ir a trabajar –dijo ella haciendo un gesto con la mano.

–Para mí no. Y te estoy imaginando sin ella. Aún me acuerdo.

–Olvídalo, Ryan –el pulso le dio un salto–. Sal, que voy a conectar la alarma.

–Ya has hecho saltar la mía –lo dijo en un tono tan sexy que la dejó sin respiración.

Mientras él conducía, Ashley trató de mantener la conversación sobre asuntos sin importancia, recurriendo a una serie de tópicos para evitar cualquier tema personal.

El sol brillaba, el aire era limpio y el cielo azul. El hermoso día de primavera le levantó el ánimo y se preguntó qué parte de su burbujeante entusiasmo se debía al glorioso día y qué al encanto del hombre que tenía sentado al lado.

Ryan la llevó a un caro restaurante en el que nunca había estado. El comedor acristalado estaba lleno de plantas colgantes y macetas de flores tropicales que le daban al entorno un aire aún más primaveral.

Él arqueó las cejas cuando ella pidió sólo un vaso de leche y una magdalena.

–No tengo hambre –explicó Ashley demasiado consciente ya del olor del café y el beicon.

Deseó no haber aceptado su invitación a desayunar, pero era demasiado tarde y trató de evitar pensar o mirar la comida que llevaban los camareros.

Cuando tuvo delante la leche y la magdalena, se dio cuenta de que en realidad no las quería.

Peor, a Ryan le pusieron un plato con una tortilla, beicon, salchichas y galletas de manteca; además de un humeante café y un vaso de zumo de naranja.

Sintió un remolino en el estómago y se excusó para salir corriendo al aseo de señoras. Para su alivio, era un restaurante muy elegante y el aseo tenía un sofá. Se tumbó y se puso en la frente unas toallas de papel mojadas en agua fría, agradecida de que Ryan no pudiera verla.

Unos minutos después, apareció una camarera y la vio. Le preguntó si se encontraba bien.

–Sí, gracias –respondió sonriendo–. Sólo un poco mareada –la camarera asintió y se marchó.

Se quedó en el aseo hasta que pensó que podía reunirse con Ryan. Con el estómago aún un poco revuelto, volvió. Ryan se puso en pie al acercarse ella a la mesa y la agarró del brazo.

–Vamos. Ya he pagado la cuenta –le dijo, sin soltarle el brazo.

–Te dejas el desayuno –estaba deseando llegar al santuario de su despacho y apenas pensó en lo que decía.

–Da lo mismo, Ashley. Voy a llevarte al médico.

–No, no vas a hacer eso –se negó con vehemencia–. Estoy bien.

Cuando Ryan se quedó en un silencio desacostumbrado en él, Ashley se preguntó si no habría sido demasiado brusca. Se metió en el coche y cerró los ojos apoyando la cabeza en el asiento. Se enderezó cuando oyó que se abría la otra puerta y se lo encontró mirándola detenidamente.

—Es una indisposición sin importancia, Ryan. No te preocupes y llévame a la oficina.

Sabía que debía hacer algún comentario gracioso para hacer que él dejara de pensar en el incidente, pero estaba deshecha. El movimiento del coche tampoco ayudaba mucho y estaba desesperada por salir de allí.

En la oficina, Ryan rodeó el coche para volver a darle el brazo.

—Estoy bien, te lo prometo —repitió ella.

—Entraré contigo —insistió él.

No se sentía con ganas de discutir; además él se iría pronto. Entraron en silencio y Ashley sintió alivio al ver que no estaban ni Jenna ni Carlotta.

Ya en su despacho, se dio la vuelta para darle las gracias mientras él cerraba la puerta y se volvía a mirarla. Ryan se quedó de pie en silencio con las manos en las caderas.

El corazón de Ashley empezó a latir como un tambor al ver que no se marchaba, como había esperado.

—¡Ahora dime qué es lo que realmente te pasa! —exigió él con tranquilidad.

Capítulo Tres

Tomándose su tiempo para responderle, Ashley jugueteó con el reloj mientras la curiosidad de él aumentaba.

Ryan recordaba el fabuloso fin de semana con ella y el considerable desayuno que habían compartido esa mañana, que Ashley no había tenido problema alguno en tomar. Pensó en su forma de caminar a paso lento, que indicaba que el tiempo no era un factor determinante en su carácter. Habitualmente sonriente, relajada, tomándose su tiempo para saborear la vida, la gente y lo que la rodeaba, le había interesado desde el momento en que la había conocido por lo alejada que estaba de su acelerado ritmo de vida. En ese momento, la veía inquieta y en silencio, y las preguntas de Ryan crecían.

Se había puesto enferma en el restaurante y él había mandado a una camarera a que viera cómo estaba. Ésta le había dicho que estaba tumbada en el sofá con una toalla húmeda en la frente, pero se encontraba bien.

Recordó también que había bebido vino en su primer fin de semana. Esos dos días sólo había bebido agua. Todo hablaba de un cambio.

—Ashley, ¿qué pasa? —volvió a decir.

—Estoy bien —dijo ella sin mirarlo. Rodeó la mesa, se sentó y abrió un cajón.

En ese momento estaba muy pálida, y Ryan tuvo miedo de que se desmayara delante de él. Ella le gustaba, quería conocerla mejor y el fin de semana que habían pasado juntos había sido el más fabuloso y apasionado de su vida. No había podido olvidarla ni sacársela de la cabeza, y en ese momento estaba preocupado.

Arrastró una silla, rodeó la mesa y se sentó a su lado.

–Dime la verdad, Ashley. Sabes lo que te pasa. Mientes muy mal.

–Déjame, Ryan –miró sus manos con los dedos enlazados sobre el regazo–. Lo digo en serio –alzó la cabeza.

Le sorprendió el fuego que había en los ojos de ella y las brillantes manchas que aparecieron en las anteriormente pálidas mejillas. Buscó sus ojos con la mirada y dijo:

–De acuerdo, te dejo –se levantó y a medio camino de la puerta se detuvo y volvió a mirarla–. ¿Puedo hacer algo? ¿Traerte alguna cosa?

–No, pero gracias –respondió ella sin entonación–. Sólo déjame sola.

Ya en la puerta, mientras tendía la mano hacia el pomo, Ryan se preguntó si se encontraría así todas las mañanas. Había empezado a salir cuando se le hizo todo evidente. Náuseas por la mañana.

Ya había abierto la puerta y volvió a cerrarla. Nada de vino. Nada de tenis. Quería sacarlo de su vida. Náuseas por la mañana. Se dio la vuelta para mirarla y la examinó con detenimiento. Parecía la misma de siempre. Tenía la misma cintura escasa, el vientre plano.

Ashley parpadeó y rugió:

–Vete de una vez, Ryan.

–¿Cuánto tiempo hace que te ocurre esto?

–No mucho –se ruborizó–. No lo sé. Estoy bien.

La miró pensando que era imposible, pero sabiendo que no lo era.

–Estás embarazada –afirmó.

Cuando ella hizo un sonido de protesta, Ryan supo que era cierto.

Ashley apretó los puños, alzó la barbilla y dijo:

–Eso a ti no te importa.

Ryan se sintió sacudido y se preguntó con quién habría estado ella.

–¿De cuánto estás?

–Un par de meses –respondió–. No se lo he dicho ni a mi familia ni a nadie, así que apreciaría que tú hicieras lo mismo.

–No te preocupes –dijo, seco–. ¿Quién es el padre?

–No voy a revelarte su identidad –respondió Ashley duramente, pero en sus ojos hubo un destello que lo alertó.

Ryan se acercó más a ella.

–¿De cuánto has dicho que estás? –volvió a preguntar–. Dime la verdad, Ashley –le apoyó las manos en los hombros–. ¿De cuántos meses estás? Maldita sea, quiero saberlo.

–Vete. No te lo voy a decir.

–Sabes que puedo averiguarlo. Tengo el dinero suficiente para conseguir la información que quiera.

De pronto pareció asustada y los miró con los ojos muy abiertos mientras él volvía a preguntar:

–¿De cuántos meses?

–Unos tres –respondió, mirándolo–. Es mi bebé y no quiero ninguna interferencia. Ahora, ya puedes irte.

Ryan la miró asombrado.

–No hay otro hombre, ¿verdad? –preguntó.

–Vete, Ryan.

Él conocía la respuesta. Era el padre del hijo de Ashley. Conmocionado, no podía creerlo, pero mirándola tenía que reconocer que era verdad.

–Usamos protección.

–¡Sal de mi despacho! –zanjó la cuestión.

Asombrado por la noticia, se dio la vuelta y se marchó, salió, se metió en el coche y se sentó tras el volante a tratar de digerir lo que había conocido. Arrancó el motor y condujo una manzana, después se acercó al bordillo, apagó el motor y miró al infinito. ¡Era el padre del bebé de Ashley! Estaba embarazada por el fin de semana que habían pasado juntos. Le costaba aceptar la verdad. Había usado preservativo, y nada había fallado, que él supiera. Estaba aturdido por la conmoción, no era consciente del tráfico que pasaba a su lado, de la mañana de primavera, de los corredores que pasaban por la acera.

Ashley iba a tener un hijo. Su hijo.

Temblando, Ashley rodeó la mesa y se sentó en el sillón, llamó a Carlotta por el intercomunicador y le dijo que si aparecía Ryan Warner le dijera que no podía recibirlo. Después cerró los ojos.

¡Menudo lío había organizado esa mañana! Había sucedido todo lo que quería evitar que ocurriera. Ryan conocía la verdad.

Se había quedado conmocionado y era evidente que no quería saber nada de todo eso, lo que a ella, al mismo tiempo, le provocaba alivio y rabia. Sabía que no debería sentir ese conflicto por su reacción, pero no podía evitarlo.

Se frotó la frente y deseó poder dar marcha atrás a la mañana. Deseó haber sido lo bastante inteligente la noche anterior para haber rechazado la invitación para desayunar con él.

Protestó cuando sonó el intercomunicador. No le

apetecía ver a nadie. Pulsó el botón para hablar con Carlotta.

—Ryan Warner va hacia tu despacho. Lo siento, no he podido detenerlo.

—Está bien —dijo Ashley sabiendo que su recepcionista no podía detener a un hombre como él.

Antes de que pudiera responder a la llamada de la puerta, Ryan irrumpió en el despacho y cerró la puerta.

—No quiero verte, pero supongo que eso te da lo mismo —dijo ella.

—Así es. ¿No ibas a decirme nada de mi hijo? —lanzó la acusación en un tono de acero.

—Sí, pero no antes de que naciera. No quiero ninguna interferencia.

—¿Y mi ayuda?

—Tampoco.

Ryan cruzó la habitación y se sentó en la silla que había colocado antes al lado de ella. La miró intensamente.

—¿Por qué demonios no? —preguntó apretando los músculos de la mandíbula.

—Te harías cargo de mi vida. Quiero cuidar de mí misma —dijo ella, alzando la barbilla.

—Creo que te vendría bien algo de ayuda económica.

—Sé lo que hago.

—También creo que se lo deberías decir a tu familia.

—Se lo diré pronto. Además del médico, eres el único que lo sabe. Mira, tu reacción inmediata ha sido sincera: has salido corriendo porque no quieres saber nada de esto. No trates de participar ahora porque te sientas culpable.

—Me he marchado porque estaba conmocionado y me has pedido que me fuera. No sufro de ninguna culpabilidad —insistió.

–Por favor –dijo Ashley, dedicándole una mirada de escepticismo. Agitó una mano en el aire–. Sigue con tu vida, Ryan. Te mantendré informado.

–No –dijo él–. Puedo ayudarte fácilmente. Además también es mi hijo. Puedo proporcionarte una niñera, y necesitarás una guardería.

–¿Ves? ¡Esto es exactamente lo que no quería que sucediera! –exclamó exasperada–. Estás tomando decisiones por mí –se frotó la frente–. No me siento bien. ¿Por qué no me dejas sola esta mañana y hablamos más tarde? Necesito paz y tranquilidad.

Frustrado, Ryan se puso en pie con los puños apretados.

–Nos vemos esta noche. Llevaré algo de comer a tu casa. Tenemos que hablar de esto.

–Quiera o no quiera yo –dijo ella.

–¡Maldita sea! Esto es un cambio de vida y me afecta a mí quieras o no quieras tú. No puedes decir que no si es mi hijo –salió de la oficina dando un portazo.

Ashley corrió a la puerta, la abrió y gritó:

–¡Pues cena antes de venir, yo no pienso comer nada!

Ryan se dio la vuelta y se acercó a grandes zancadas para decirle:

–Tienes que cenar.

–Ya lo sé –replicó ella–. Cenaré antes de que llegues. Haz tú lo mismo.

–Te veo a eso de las siete –se alejó deprisa y ella volvió a su despacho, cerró la puerta y se sentó tras la mesa.

Miró al infinito y deseó haber hecho más para mantenerlo alejado de su vida y ajeno a la verdad. Ya era imposible deshacerse de él. Ryan estaba en su vida para quedarse, seguramente hasta que su hijo fuera mayor. Su hijo, de los dos. Le conmocionaba pensar en su hijo de ese modo.

Una hora después se sentía mejor. Pasó el día tratando de evitar preocuparse por Ryan. Se marchó pronto del trabajo para prepararse para reunirse con él. Llegaría sobre las siete y sospechaba que la noche sería una sucesión de encontronazos.

Después de cenar un huevo escalfado y tostadas, se dio un baño y se vistió con cuidado. A pesar de su preocupación y su enfado con él, la excitación seguía burbujeando en ella por la perspectiva de verlo.

Mientras se secaba el pelo, sonó el intercomunicador. Un repartidor quería entrar para entregar unas flores. Cuando abrió la puerta, vio que un conductor se bajaba de una camioneta y se acercaba con un jarrón de cristal lleno de margaritas y tulipanes amarillos. Aceptó el obsequio, lo colocó dentro de casa y leyó la nota: *Para la madre de mi bebé. No puedo esperar para verte.* Estaba firmada por Ryan.

Sacudió la cabeza y recordó que él no iba a marcharse. Volvió a mirar la tarjeta: *La madre de mi bebé...*

Colocó la tarjeta dentro del ramo y lo llevó al cuarto de estar. Lo colocó en la mesita de café donde podía verlo. Después terminó de vestirse.

Se dejó el largo pelo rubio suelto sobre los hombros. Llevaba unos pantalones de color amarillo claro y una camisa de algodón amarilla y blanca, lo mismo que las sandalias. Miró su reflejo en el espejo y se giró para contemplar su vientre plano.

A las siete en punto oyó su coche. Con un suspiro, se armó de valor para enfrentarse a él.

Cuando abrió la puerta, ver a Ryan tuvo el efecto mágico habitual.

–Entra. ¿Quieres algo de beber? Cerveza, vino, un refresco, agua...

–Una cerveza fría está bien –dijo él cerrando la puerta–. ¿Qué tomas tú?

–Agua fría –respondió ella.

–Te ayudo –caminó al lado de ella–. Ya sé dónde están las cosas.

Como todo lo demás que había estado haciendo desde que se había enterado de que estaba embarazada, sus acciones provocaron en Ashley al mismo tiempo cariño y diversión, porque se hizo cargo de todo como si fuese su cocina. Le dio el vaso de agua y sacó su cerveza y volvieron al cuarto de estar.

–Son preciosas –dijo Ashley haciendo un gesto en dirección a las flores.

–No tanto como el recipiente –contestó él mientras le pasaba un brazo por la cintura–. Anoche fui despacio. No veo la necesidad de seguir así.

Ashley sintió que se le desbocaba el pulso cuando Ryan le acarició los brazos. Veía el deseo en sus ojos mientras la miraba.

–No estoy de acuerdo –respondió ella–. Aún quiero tomarme algo de tiempo. Podemos conocernos mejor.

–¿Sabes cuánto deseo abrazarte y besarte? –preguntó él con una voz ronca.

Quería que la soltara y le dejara espacio, pero al mismo tiempo anhelaba que la rodeara con sus brazos y la besara.

–Espera –dijo Ashley empujando ligeramente su musculoso pecho–. Dame algo de tiempo. Para mí es importante, Ryan –dijo controlando su deseo de entregarse a él.

Mientras lo miraba a los ojos se preguntaba si tendría idea de lo que provocaba en su corazón. Cuanto más tiempo permanecía mirándolo a los ojos, más lo deseaba y más difícil le resultaba poner algo de distancia entre ambos. Entonces Ryan la abrazó por la cintura y lo que deseaba se convirtió en más importante que lo que debía hacer.

–Ha pasado mucho tiempo, Ashley –susurró él mientras le recorría los labios con la mirada. Después se inclinó y la besó, buscándole la lengua.

Arrastrada por el deseo, Ashley no se pudo resistir. Le pasó los brazos por el cuello y lo atrajo hacia ella.

Ryan se inclinó sobre ella y la besó profundamente, enredando sus lenguas, provocando así un incendio en su interior. El deseo era intenso, insistente. Los argumentos de Ashley se desvanecieron. Se entregó al momento, consciente de que sus besos cumplían sus fantasías y sueños de meses.

Notó cómo su virilidad la presionaba. Gimió. Deseaba librarse de las barreras que había entre ellos, pero sabía que eso no podía suceder. No en ese momento. Se dio cuenta de que tenía que recuperar el control y parar, pero aún no. Lo besó salvajemente, deseándolo con todo su ser. Era excitante y deseable, el hombre de sus sueños, el padre de su hijo.

Mientras se besaban, las manos de Ryan habían bajado por la espalda de Ashley, hasta las nalgas. Sus caricias eran electrizantes y Ashley volvió a gemir. Su tacto era un suave tormento que incrementaba su placer.

Finalmente, lo empujó en el pecho. Cuando lo hizo, él la soltó y lo miró a los ojos.

–Tenemos que esperar. No estoy preparada –dijo sin aliento.

–Sí, lo estás –respondió Ryan con voz quebrada–. Y yo estoy más que preparado. He soñado tantas noches contigo... He pensado en ti mucho más de lo que puedes imaginar.

Esas palabras emocionaron a Ashley, pero negó con la cabeza.

–No, no puedo. Esperemos. Hay demasiadas complicaciones en nuestras vidas.

–Éste es el mejor momento para amarnos.

Ashley se retorció para soltarse y se alejó de él. Se recolocó la ropa y, tratando de dominar sus emociones, se volvió a mirarlo.

Ryan tenía los labios rojos y su expresión delataba sus sentimientos. No había ninguna duda de que la deseaba. Luchando para no lanzarse a sus brazos, Ashley dijo:

–Tenemos que hablar del futuro.

–Hay otras formas de resolver esto y ser felices.

–La lujuria no va a resolver nada.

–Yo no lo describiría así. De acuerdo, Ashley, hagamos algunos planes.

–Eso es exactamente lo que esperaba poder evitar, Ryan. No quería que te enteraras tan pronto del embarazo porque sabía que querrías tomar el control. Deja que yo me haga cargo de esto. Es mi vida, y tú no deseabas ser padre.

–Es mi hijo también. Y deberías acostumbrarte a la idea porque no voy a desaparecer –dijo con tranquilidad pero con tono inflexible.

–Quiero tener este niño y asentarme. Después de eso, hablaremos sobre lo que hacer.

–Eso es muy sencillo. ¿Te casarías conmigo? –se acercó a ella.

Ashley sintió que se le paraba el corazón, pero esperó que no se le notara. Le acarició la mejilla.

–Es una proposición muy amable. Gracias, pero no.

–Maldita sea –dijo él con los ojos llameantes–. No soy amable, quiero casarme contigo.

–Hace una semana ni siquiera habrías pensado en pedírmelo. Lo haces porque crees que es tu deber, y eso es muy generoso. Pero cuando me case quiero que sea con alguien a quien ame salvajemente y esté igual de enamorado de mí. Sabes que no tenemos esa relación –negó con la cabeza–. No, Ryan. Sé que me lo propones porque crees que es tu deber.

Ryan apretó la mandíbula y le dedicó una penetrante mirada. Ashley se preparó para lo que iba a decirle.

–Vamos a tener un hijo, la mejor razón posible para casarse. El sexo entre nosotros es fabuloso... otra razón. La mayoría de las veces que hemos estado juntos, lo hemos pasado muy bien, con la excepción del desayuno de esta mañana. Tenemos orígenes sencillos y estamos en mejor situación ahora, así que somos parecidos.

–No somos ni remotamente parecidos –replicó Ashley–. Eres millonario. Yo organizo bodas, trato de llegar a fin de mes y trabajo para mantenerme y poder ayudar a mi familia –dijo solemne–. Y eso es sólo el principio. No has dicho nada que me haya hecho cambiar de opinión. Entre nosotros sólo hay deseo y eso no es una buena base para un matrimonio. Vamos a tener un hijo, pero un mal matrimonio no creo que haga mejor la vida de la criatura. Las pocas veces que hemos estado juntos, nos hemos llevado bien, pero han sido pocas y no suficientes para saber cómo estaríamos a largo plazo. Una buena sobremesa tras una cena no significa nada. No vamos a unir nuestras vidas para que tú puedas dirigirlas. Estás acostumbrado al control, pero así no es como van a ser las cosas –afirmó, decidida a resistirse, aunque una voz interior le decía que aceptase la oferta.

–Creo que no estás tomando en consideración que eso sería lo mejor para el bebé.

–Mi bebé necesita unos padres que se amen. Quiero que el hombre con quien me case sea mi mejor amigo además de mi amante.

–Yo cumplo la mitad de las condiciones.

–La menos importante –replicó ella–. Ryan, como ya te he dicho, tú eres una persona dada a hacerse cargo de todo y yo no quiero eso. Voy a tener este niño. No quiero casarme contigo por desesperación. Un matrimonio desgraciado no sería bueno para el niño.

–¿Qué te hace pensar que será desgraciado?

–No sé lo que será, pero sí sé que será poco sólido.

–Piensa en lo que puedo hacer por el bebé –le apoyó las manos en los hombros–. Puedo darle mi apellido, será un Warner y dispondrá del dinero Warner. Tendrá posibilidad de estudiar, viajar. Tendrá un padre. No puedes dejar todo eso a un lado.

–Sí puedo. En este momento sé que no quiero casarme contigo. En unos meses mis sentimientos pueden cambiar, dependiendo de cómo progrese nuestra relación, pero ¿casarme ahora? De ningún modo. Démonos tiempo, Ryan. Sentémonos y hablemos de cómo has pasado el día más allá de lo referente al bebé y a mí –dijo, enfática.

Ryan la miró como si le estuviese pidiendo algo imposible, pero finalmente se sentó en el sofá. Ashley ocupó el extremo opuesto, subió las piernas y sonrió. Él dio un sorbo a la cerveza y ella bebió agua. Después dejó el vaso en la mesa.

–Quiero que me hables de tu día –le pidió Ryan–. ¿Desde cuándo tienes náuseas por la mañana?

–Casi desde el principio –respondió, consciente del modo intenso en que la miraba.

–¿Qué ha dicho el médico de eso?

—Que deberían terminar pronto. En realidad, pensaba que ya deberían haber terminado.

—¿A qué médico vas?

Se lo dijo y sospechó que él lo había anotado mentalmente para investigarlo.

—¿Qué tal tu día, Ryan?

—Ese fin de semana fue increíble, Ashley —dijo en lugar de responder a su pregunta—. No puedo olvidarlo.

—Fue un gran fin de semana —lo miró pensando en lo que él acababa de decir—, eso lo reconozco.

—Podríamos tener más así —le recordó y ella asintió.

—Pero aún no, Ryan. Aún no estoy preparada —repitió—. ¿Qué tal el trabajo? ¿Se ha echado todo el día a perder?

—En cierto sentido, sí —se acercó a ella y le acarició el hombro—. No pasa nada. Mañana me pondré al día. El jueves pueda que tenga que volar a Chicago, pero estaré aquí el sábado —le pasó el dedo por la mejilla—. ¿Cuándo se lo vas a decir a tu familia?

—Me da miedo decírselo —confesó ella—. Creo que mi padre lo va a pasar mal.

—Si nos casamos, no sufrirá. Piensa en que así será mucho más fácil decírselo.

Por un momento Ashley consideró su consejo y se sintió tentada. Sería quitarse un peso de encima. Lo miró y negó con la cabeza.

—Ése ha sido el mejor argumento que me has presentado, pero mi respuesta sigue siendo no. Quiero llevar las riendas de mi vida.

—Parece que no soy el único obsesionado con el control... Eres como yo, y tienes un trabajo en el que mandas todo el tiempo.

—Nunca lo había pensado, pero supongo que tienes razón. Soy la mayor de los hermanos, lo mismo que tú, y creo que eso marca la diferencia. He tenido que ocuparme de mi hermano.

—Yo siempre amenazaba a los míos para que hicieran lo que yo quería.

Ashley se echó a reír, lo que alivió la tensión. Hablaron de sus infancias. Finalmente hubo un momento de silencio cuando Ryan se recostó para mirarla, le acarició la rodilla y Ashley se preguntó en qué estaría pensando.

—Ashley, creo que los dos estaríais mejor si te casases conmigo —dijo él volviendo de nuevo al tema.

—No estoy de acuerdo —replicó ella.

—Has dicho que temes que tome el control, pero tú eres igual de fuerte que yo y podrás ponerme coto. Creo que el matrimonio es definitivamente lo mejor.

—No vamos a ir a ningún lado discutiendo sobre esto —Ashley volvió a impacientarse.

—No, ya veo que no, pero intento hacer algo y creo que casarse es lo mejor.

De repente Ashley sintió miedo de que fuera a decirle que si no aceptaba intentaría quitarle al niño.

—No hagas nada de lo que puedas arrepentirte después —le advirtió.

—No lo haré —afirmó Ryan, con tanta confianza que Ashley se preparó para lo que podía venir después—. Cásate conmigo y pagaré la hipoteca de tu familia, las deudas del seguro médico de tu padre. Puedes rechazar mi oferta, pero con ello harás daño a tu familia.

Capítulo Cuatro

Llena de rabia, Ashley se puso de pie.

—Ryan Warner, me estás obligando a casarme contigo cuando sabes que no quiero hacerlo. ¡Eso es despreciable! —exclamó mirándolo con furia.

—Cálmate —le pidió Ryan con tranquilidad pero firmeza en la voz, lo que hizo que ella se volviera a sentar y respirara hondo—. Eso es exactamente lo que estoy haciendo —aseguró—. Tienes que aceptar mi oferta por tu familia.

Sabiendo que tenía razón, Ashley lo miró fijamente mientras las implicaciones de su oferta la aturdían y airaban al mismo tiempo.

—Puedo permitirme pagar la hipoteca de la granja completamente, y también las reparaciones por la inundación —continuó Ryan—. Tu padre podría querer comprarse otra casa y dejar de preocuparse de las inundaciones, y yo estaría encantado de financiárselo. También puedo contratar gente para que lo ayuden, puedo pagar la universidad de tu hermano, si quiere volver... —hablaba tan calmado como si estuviesen hablando del tiempo.

—¡Ni mi familia ni yo queremos caridad! —dijo Ashley, tensa.

—No seré caritativo —contestó Ryan, con paciencia—. Si nos casamos, me haré cargo de las cosas porque, si estamos casados, tu familia es parte de la mía y viceversa.

—No puedo creer que estés haciendo esto —susurró Ashley sacudiendo la cabeza mientras las lágrimas inundaban sus ojos.

–Acepta mi propuesta y lo verás.

–¡Quieres seguir adelante con este matrimonio a la fuerza!

–Eso es exactamente lo que voy a hacer. Puedes ahorrar sufrimientos y dolores de cabeza a ti y a tu familia. Eso prolongaría la vida de tu padre y daría oportunidades a tu hermano que de otra manera no tendría.

–Maldito seas tú, Ryan Warner, y tus despóticas maneras.

–Cásate conmigo, Ashley, y resuelve todos tus problemas.

–Bajo condiciones como ésas, ¿qué clase de matrimonio sería?

–Uno bueno, cuando superes tu ira –se puso en pie y la miró, sus ojos verdes llenos de fuego–. Es lo mejor para ti, para nuestro hijo y para toda tu familia, y lo sabes.

–Si crees que voy a estar agradecida, te equivocas. Nunca te perdonaré.

–Sí, lo harás –respondió él con una arrogancia que incrementó la ira de Ashley.

Se agachó para acariciarla en los hombros. Mientras lo miraba, a Ashley se le aceleró el pulso. La determinación brillaba en los ojos de él mientas la rodeaba con los brazos y bajaba la cabeza.

–¡No! –exclamó ella enfureciéndose por su despreciable estrategia.

Pero Ryan la abrazó y la besó con fuerza. Permaneció unos segundos rígida entre sus brazos, pero al final sucumbió y sus besos le despertaron tal pasión que empezó a temblar. El deseo de Ryan la sorprendió, y la inflamable química que había entre ellos se encendió.

Sobrepasada por sus besos, Ashley olvidó momentáneamente sus ideas y argumentos. Con el corazón a toda velocidad, le pasó los brazos por el cuello y le devolvió el beso. Nunca en su vida había experimentado que un hombre la deseara con la fuerza con la que la deseaba Ryan.

Finalmente, Ryan la soltó con brusquedad, aunque mantuvo las manos en su cintura. La miró.

–¿Lo ves? Sabes que lo que hay entre nosotros es algo espectacular y, además, tenemos que pensar en el bebé.

Con el pulso acelerado, Ashley trató de recuperar el control. Cuando lo logró, la ira volvió a aparecer.

–Querrás decir que el sexo es sensacional. Y para tu información, yo estoy pensando en mi bebé. Tú juegas sucio –afirmó.

–Sólo intento ganar –respondió él con frialdad–. He hecho una buena oferta.

Ashley se soltó de él y caminó por la sala para poner distancia entre los dos. Cuando se dio la vuelta lo vio de pie con las manos en las caderas y la chaqueta abierta. Su postura hablaba de la determinación por lograr sus objetivos. Sólo un tembloroso músculo de su mandíbula señalaba lo crispado de sus emociones.

–Lo pensaré –dijo ella incapaz de enfrentarse con él en ese momento.

–No, decide ahora. No es algo para pensar mucho.

–¡Eso es aún peor! –sintió que su ira se disparaba–. ¿Es un cambio de vida monumental y pretendes que decida ahora?

–Ya lo hemos discutido. Podemos seguir discutiendo un año y no llegar a ningún sitio.

–¡Te estás comportando de un modo despiadado! –protestó ella.

–No –respondió él con calma–.Estoy siendo generoso y práctico.

–¡No estás siendo nada semejante! Quieres este niño y ésta es tu forma de conseguirlo.

–Quiero lo que es mejor para todos –apretó la mandíbula– y tú no lo has pensado bien, así que yo tengo que hacerlo por los tres.

Se miraron a los ojos y el silencio se intensificó. Sabía que él estaba esperando. Casarse con Ryan... Eso salvaría a su familia... No se había parado a considerar su oferta, que realmente era fabulosa. Su hermano podría ir a la universidad.

Pero ¿aceptaría su familia la caridad de Ryan? Sabía que sí si estaban casados y era parte de la familia. Y sabía que Ryan se podía permitir lo que ofrecía.

Frotándose la frente se dio cuenta de que no tenía elección. Mientras Ryan seguía de pie frente a ella, lo miró fijamente.

–No sé qué clase de matrimonio crees que va a ser éste si tu novia está furiosa contigo.

Él arqueó una ceja y siguió mirándola en silencio.

–De acuerdo, Ryan. Me casaré contigo. Pero no es lo que quiero.

–Bien –respondió tranquilo, se acercó a ella y la rodeó con los brazos–. Ashley, cuando se te pase la furia, cambiarás. Te lo prometo. Haré todo lo que pueda para hacerte feliz.

–¿Como esta noche? –gritó con amargura–. Eres un acosador, Ryan.

–Te lo recordaré las veces que haga falta: estoy haciendo lo mejor para todos –mantenía un tono tan controlado que Ashley deseó golpearlo–. Esto va a ayudar a tu familia tremendamente.

–Tengo que admitir que tu oferta, en lo que respecta a mi familia, es increíblemente generosa y me emociona. Esa parte es absolutamente maravillosa.

–Bien –dijo él con evidente satisfacción–. Mira siempre el lado bueno.

–No, Ryan, tendremos un matrimonio absolutamente imposible.

–Si pensase eso, no insistiría. Creo que nuestro matrimonio va a ser fantástico en cuanto te calmes y nos adaptemos el uno al otro. Y lo harás.

–Eres increíblemente arrogante –dijo mirándolo a los satisfechos ojos verdes.

–Mantente firme. Te recogeré mañana por la tarde sobre las seis y cenaremos pronto, ¿vale?

–¿Por qué te preocupas en preguntar? –Ashley puso los ojos en blanco mientras él la miraba intensamente.

–Sé que ahora estás enfadada conmigo.

–¡Enfadada! –exclamó, pensando que era el hombre más cabezota que había conocido–. Estoy furiosa contigo, y mi ira no se va a haber pasado mañana por la noche.

–Espero que te equivoques –dijo él–. Llamaré a uno de mis abogados por la mañana y le diré que empiece a resolver lo del seguro médico de tu padre. Tenemos que ir pronto a ver a tu familia para decirles que estamos comprometidos, pero primero tenemos que organizar la boda.

–Vas muy deprisa, Ryan.

–¿Para qué esperar? Cuanto antes ayudemos a tu padre, mejor estará tu familia –miró el reloj–. Te mantendré informada.

Ashley lo acompañó a la puerta mientras su cabeza hervía. Ryan se dio la vuelta para mirarla y su mirada bajó hasta la boca, haciendo que se le acelerara el pulso.

–Esto es bueno, Ashley –dijo con tranquilidad y toda la convicción posible. Después le rodeó la cintura con los brazos, bajó la cabeza y la besó larga y concienzudamente.

La resistencia de Ashley desapareció en segundos, le pasó los brazos por el cuello y se unió al beso.

Ryan la abrazó más fuerte y la siguió besando hasta que ella gimió de placer. El deseo era una llama ardiente que quemaba sus problemas. Lo deseaba con una fuerza que la conmocionaba. Tenía las manos en los hombros de él, le abrió la camisa y le pasó la mano por el musculoso pecho.

Cuando la soltó, los dos estaban sin aliento.

–Tenemos que parar –dijo Ryan con aspereza y con una expresión en los ojos que Ashley no pudo interpretar.

Ashley dio un paso atrás y lo miró marcharse en silencio. Cuando cerró la puerta, su mente era un torbellino.

Casarse. La idea era sorprendente. Aunque tenía que reconocer, por mucho que lo odiase, que en cierto sentido Ryan tenía razón: la boda resolvería muchos de sus problemas.

Con la cabeza hecha un lío, fue a su habitación. Sin ser consciente de lo que hacía, se detuvo en medio de la habitación mientras rumiaba todo lo que acababa de suceder.

Al día siguiente por la noche cenaría con él, que pretendía que hablaran de la organización de la boda. Aún seguía conmocionada por la idea. Desde que Ryan había reaparecido en su vida, ésta se había puesto patas arriba, lo mismo que había ocurrido en su primer encuentro.

Volvió a pensar en lo poco que se conocían y apretó los dientes. Se puso a pensar en qué se pondría; cualquier cosa servía para no pensar en lo que estaba pasando. Sabía que le costaría mucho dormirse.

***

Tratando de recomponer los restos de confianza en sí misma que le quedaban tras las exigencias de Ryan, al día siguiente salió una hora antes del trabajo. Quería tomarse su tiempo para prepararse y así sentirse y parecer lo mejor posible. Aunque Ryan no le había dicho adónde irían a cenar, si sería un sitio informal o de etiqueta, Ashley eligió un vestido negro suelto con un escote en «V» bordeado en blanco que llegaba casi a la cintura. La falda era por encima de las rodillas. Los tacones negros le daban una altura extra.

Se cepilló el pelo, lo echó a un lado y lo pasó suelto por la espalda hasta el otro lado.

Finalmente estaba preparada. Mientras esperaba pensó que Ryan seguramente sería un gran padre. Y su familia querría al bebé tanto como se podía querer a un niño. Por primera ver la perspectiva de decírselo, la emocionaba. Casada con Ryan sería capaz de hablarles de su hijo con alegría y sin las preocupaciones que tenía antes.

Ryan había acertado en esa predicción, y al final ella tendría que reconocerlo, pero de momento, estaba tan enfadada con él que no pensaba decirle que había hecho nada bien.

Cuando oyó el coche, se miró en el espejo una última vez y vio a una mujer que parecía vestida para salir de noche. No se le notaba la preocupación que la turbaba. ¿Se habría arreglado demasiado? ¿Y si él había pensado en una barbacoa en su casa...? Apartó la idea de su cabeza, agarró el bolso y fue hacia la puerta cuando sonó el timbre.

En cuanto abrió se reafirmó en la ropa que había elegido. Ryan llevaba un traje marrón oscuro y estaba increíblemente guapo. Como siempre. Notó la aprobación en sus ojos cuando la miró, dio un paso adelante y cerró la puerta.

–¡Estás fantástica! –dijo él acariciándole ligeramente la mejilla y siguiendo después con el dedo por el borde del vestido. La miró a los ojos–. ¿Sigues enfadada? Espero poder cambiar eso esta noche.

–No cuentes con ello, Ryan –respondió desagradable.

–Espero que algún día me perdones por completo –le apoyó una mano en el hombro.

–Ya veremos.

–No hace falta que te pregunte si estás preparada, ¿nos vamos?

Ella asintió y conectó la alarma. Salió delante de él y se sentó en el coche. Ryan condujo en silencio, preguntándose cuánto tardaría en pasársele el enfado.

De pronto Ashley se dio cuenta de que llevaban mucho tiempo en el coche y preguntó:

–¿Adónde vamos?

–A un sitio que espero sea especial –respondió él sencillamente.

–Si con eso pretendes que me mejore el humor, ya te digo que no va a funcionar –dijo ella.

–En absoluto. Sólo pretendo pasarlo bien y darte una noche para recordar.

–Ryan, ¿cómo voy a olvidar un momento contigo? –preguntó con voz ahogada.

Vio cómo tomaba el desvío al aeropuerto. Su sorpresa creció cuando entraron en un hangar y cruzaron el asfalto hasta un impresionante avión blanco.

–¿Qué haces? –preguntó, consciente de que era completamente imprevisible.

–Sólo te estoy llevando a cenar a un lugar que espero que te guste –la tomó del brazo y la llevó hacia el avión mientras el sol se ponía al final de una tarde de primavera.

En unos minutos estaban volando en su avión privado. Ashley vio desaparecer Dallas y se dio cuenta de que se dirigían al sur, hacia el Golfo.

Se dio la vuelta y se encontró con Ryan, que la miraba. Su pulso acelerado era algo que su enfado no había podido cambiar. Cada vez que Ryan posaba sus ojos sobre ella, se le aceleraba el pulso sin importar lo que pensase sobre él.

–Un céntimo por tus pensamientos –dijo Ryan.

–Sigo furiosa y sorprendida de que esperes que este matrimonio vaya a funcionar.

–Las posibilidades de que seas feliz en este matrimonio son mucho mayores que las que tenía yo de pequeño de llegar a tener éxito.

–Has cambiado considerablemente desde aquel fin de semana en el que me hiciste saber que preferías permanecer soltero unos cuantos años más.

–Entonces no te conocía, o sólo te había tratado unas horas. No esperaba un hijo y no había visto las magníficas posibilidades que nos brinda el futuro.

–Y esperas que yo me limite a cambiar de vida y a aceptar todas tus decisiones –puso los ojos en blanco.

–No –dijo él sonriendo. Se sentó al lado de Ashley y le sujetó la barbilla con una mano–. Sólo una cosa. He tenido que insistir en lo del matrimonio porque es lo mejor para todos, y espero que llegue el día en que estés de acuerdo conmigo. No creo que tengamos tiempo para esperar.

–Sí, lo tenemos –dijo ella–. Puedes tomarte algo de tiempo para cortejarme. Podemos conocernos y después puedes declararte como una persona normal en lugar de tomar las riendas y hacerlo todo a tu manera.

–¿Ofreciéndote acabar con los problemas de tu familia? No creo que eso sea tan malo –estaba más cerca y la miraba fijamente a los ojos–. Ashley, estás embarazada, afróntalo. Yo puedo hacer que todo te resulte mucho más fácil.

–No es tan malo, Ryan. Eres generoso y maravilloso, pero también arrogante, y no sabes si nos estamos lanzando a una relación duradera o no.

–¿Quién lo sabe con certeza cuando se casa? –preguntó, pero Ashley se quedó mirando su boca y no pudo pensar en la pregunta–. Me gustaría tenerte entre mis brazos, en la cama –dijo–. Quiero amarte y no tengo intención de esperar –le acarició ligeramente la mejilla–. No tienes ni idea de lo que provocas en mí.

Casi se le paró el corazón y le costó recuperar el aliento. Ansiaba unirse a él, pero sabía que no era el momento ni el lugar.

–Eres un guapo encantador que embauca con su presencia –lo acusó–. Estoy atrapada en una de tus telas de araña y no me gusta.

–Deja de enfrentarte conmigo. Deja de resistirte. Sientes algo parecido a lo que siento yo. Puedo verlo en tus ojos, escucharlo en tu voz y sentirlo en tus venas.

–Eso tiene poco que ver con lo que yo quiero –se dio la vuelta.

–¿Has ido hoy a trabajar?

–Sí –respondió tensa.

–Me sorprende. Pensaba que te quedarías en casa.

–He salido pronto de la oficina –dijo, fría–. Y no he compartido mis planes con nadie.

–¿Te has ido antes para arreglarte para la cena o porque no puedes trabajar pensando en la boda?

–Si quieres saberlo, no podía trabajar. No ha sido para arreglarme para pasar una gran velada contigo –mintió.

Ryan se abanicó con la mano.

–Ya sólo tus miradas me hacen arder, estoy a punto en este momento.

–Eres inmune a mis miradas.

–Al contrario –respondió en tono grave inclinándose hacia delante–. Me lanzas miradas que me derriten.

–No me lo creo –dijo, pero sin ninguna firmeza en la voz.

Ashley se dio la vuelta para mirar por la ventanilla. Mientras sobrevolaban Houston, el sol estaba ocultándose y se encendían las luces. Miró unos minutos antes de darse la vuelta. Su corazón perdió el ritmo cuando se encontró con Ryan mirándola fijamente.

–Me preguntaba si estarías tan asombrado como yo por esta vista desde la ventana, pero ya veo que no. Estás harto de volar, supongo.

–No –dijo acercándose más–. Nunca me cansaría de esta vista –añadió, mirándola directamente.

–Deja de flirtear, Ryan.

–¿Por qué? Es la sal de la vida... flirtear contigo, ver hasta dónde puedo llegar, dejar libre mi imaginación.

Ashley sonrió y recibió una incitadora sonrisita de Ryan mientras se acercaba a tocarla con un dedo en la comisura de los labios.

–Eso me gusta más.

El anuncio del piloto del inminente aterrizaje interrumpió la conversación y ambos se abrocharon los cinturones.

Un chófer uniformado los esperaba en una limusina y los llevó a un hotel. Ya en el restaurante de la última planta, los colocaron en una tranquila mesa en una de las esquinas. Un pianista tocaba viejos éxitos; había velas en las mesas y rosas en los centros de cristal.

–Si estás tratando de impresionarme, estás teniendo éxito –dijo Ashley mirando a dos parejas que bailaban en la pista.

–Bien. Espero poder impresionarte aún más –la luz de las velas resaltaba los impresionantes huesos de sus mejillas y aumentaba el tamaño de sus pestañas.

Ashley se dio cuenta de que estaba sucumbiendo a las estrategias de seducción de Ryan.

El camarero les llevó las cartas y después de que le hubieron pedido la cena, los dejó solos. Ryan se puso de pie y le tomó una mano.

–Bailemos antes de cenar –sugirió.

Era la segunda vez que bailaba con él y aquello abrió la caja de Pandora del diabólico deseo que sentía por Ryan. Era consciente de calor de su cuerpo, del aroma algodonoso de su camisa limpia, de la fuerte columna de su cuello, donde reposaba su mano. Sus piernas se rozaban y alzó la vista en busca de su mirada; después ya no pudo apartarla.

–Deja de resistirte, Ashley –susurró él–. Estamos bien juntos, y lo sabes. Y ésta es la mejor de todas las soluciones posibles.

–¿Soluciones? Eso lo dice todo –exclamó ella–. ¿Soy yo el problema? ¿Es el bebé?

–Voy a tratar de convencerte con todas mis fuerzas, porque sé que valdrá la pena cada minuto que dedique a ese esfuerzo –la acercó más a él.

Bailar con Ryan era maravilloso, otra irresistible tentación. Adoraba estar entre sus brazos y mecerse con él, no podía negarlo. Recordaba, mientras trazaban espirales por la pista, cuando había estado desnuda entre sus brazos, en la cama. Lenta pero implacablemente, poco a poco, iba ocupando su corazón.

Cuando terminó la canción, empezó un número más rápido y lo bailó con él notando cómo la tensión sexual se incrementaba mientras lo miraba moverse. Las miradas devoradoras que Ryan le dedicaba le hacían recordar los seductores momentos que habían pasado juntos. Sentía deseo y sabía que él había cambiado las cosas hasta el punto de poder conseguir lo que deseaba.

Cuando terminó el baile, Ashley volvió bruscamente a la mesa. Ryan la alcanzó y la agarró del brazo.

–Ahora puede que tengamos apetito –dijo mientras se sentaban. Un segundo después en la copa de él había vino tinto y en la de ella agua–. Por un matrimonio fabuloso –alzó la copa.

–¿Cómo puedes brindar por un matrimonio al que me obligas?

–Saca lo mejor de ello –replicó tranquilamente, aún esperando.

Exasperada, Ashley alzó su copa, tocó con ella la de él y bebió un sorbo.

Ryan dejó su copa y le tendió la mano por encima de la mesa.

–Dame la mano.

Desconcertada, hizo lo que le pedía y lo miró agarrarle la mano.

–¿Piensas cenar con las manos agarradas? En fin, realmente no te conozco.

–Lo harás. Nos descubriremos mutuamente, y es una perspectiva excitante. Será el cumplimiento de nuestros sueños –hizo una pausa y la miró a los ojos–. Ashley, cásate conmigo.

–¿Me lo estás pidiendo otra vez? Te he dicho esta mañana que lo haría. Supongo que esta petición tiene asociadas las mismas condiciones.

Ryan hizo un asentimiento casi imperceptible mientras sacaba una cajita del bolsillo. La abrió y le deslizó un anillo en un dedo.

Capítulo Cinco

¿Cuántas veces iba a sorprenderla? De nuevo asombrada, miró un momento el brillante diamante engarzado en una ancha banda de oro, rodeado por una nube de pequeños brillantes.

–¡Cielos! –exclamó. Alejó la mano para mirar el anillo–. Es magnífico –volvió a exclamar mirándolo a él–. No entiendo.

–¿Qué no entiendes? –preguntó Ryan frunciendo el ceño–. Quiero que seas mi esposa. Te he regalado un anillo de pedida para sellar nuestro compromiso.

–Te ha debido de costar una fortuna y no hay ni una pizca de amor entre nosotros.

–Deja de recordármelo –dijo sombrío y volvió a agarrarle la mano–. Mira, te vuelvo a pedir que nos des una oportunidad de que florezca el amor. De otro modo, yo no lo haría.

Ashley deseó poder creerlo, pero no podía.

–Ryan, si no estuviera embarazada, escaparías de este compromiso tan deprisa como pudieras.

Algo brilló en el fondo de los de Ryan, una confirmación de que lo que acababa de decir era cierto.

–No sé qué haría, porque la idea de casarme contigo me gusta –dijo él–, pero eso ahora no tiene sentido. Hay un bebé que considerar. Ahora, hagamos algunos planes.

Apareció el camarero y colocó delante de ellos dos platos de cristal con verduras salteadas. En cuanto estuvieron solos de nuevo, Ryan volvió a tomarle la mano.

–Aunque después nos separemos, nuestro hijo tendrá un apellido y una herencia. Tendrá más derechos –dijo tranquilamente y con un tono de acero que le heló la sangre.

–¿Vas a tratar de quitarme el niño? –preguntó intrigada por sus intenciones. Había descubierto que tenía un lado despiadado y eso lo había convertido en un enigma.

–Nunca, jamás haría daño a un niño separándolo de su madre. Es mi hijo y lo quiero. Deberías saber eso de mí.

–¡Sé muy poco de ti! –exclamó, y luego se dio cuenta de que tenía que hablar más bajo–. No pasamos ese fin de semana de cháchara.

–Sabes mucho de mí –le recordó él cambiando de tono, lo que hizo saber a Ashley que estaba recordando ese fin de semana–. Sabes lo que me excita. Me has visto desnudo. Sabes...

–¡No me lo recuerdes! –lo interrumpió para que no pronunciara más palabras que cambiaran su visión de él–. No tengo ni idea de lo que realmente te importa. No me gusta lo que haces cuando estás fuera del dormitorio. No sé nada de tu vida ni de tu familia y eso es importante.

–Encuentro fabulosa la perspectiva de aprender el uno del otro y vivir juntos. Ya hemos empezado y construiremos una relación. Es el proyecto de toda una vida.

–Ryan, ¿en tu vida marcha todo como tú quieres?

–Por supuesto que no. La vida no es así para nadie, pero consigo un cumplimiento razonable de mis expectativas. Bueno, pongamos una fecha y que sea pronto. Antes de la boda querrás conocer a mi padre y a mis hermanos y yo quiero conocer a tu familia.

Ashley lo miró sintiendo que volvía la furia. Sintió ganas de rechazar la propuesta, pero en lugar de eso bajó la vista y miró el anillo, que le pareció un grillete que los unía en cuerpo y alma.

–Me marcho de la ciudad mañana, pero vuelvo el viernes por la noche –continúo diciendo él–. Eso nos deja el fin de semana para conocer a las familias. ¿Cuándo prefieres que vayamos a ver a la tuya? ¿O prefieres que vengan a Dallas?

–Iremos allí. Quiero que conozcas la granja. Llamaré primero, por supuesto. El sábado podría ser un buen momento para mi familia. Está bastante lejos en coche y sé que querrán que nos quedemos a pasar la noche –dijo consciente de que Ryan iba a ir directo al grano con la boda.

–Podemos quedarnos o volver, no me importa conducir de noche. Lo que tú quieras.

–No me puedo creer que me dejes decidir algo –dijo ella.

–Puedo ceder en algunas cosas.

–No en las que realmente importan. Seguramente preferiré volver a Dallas. Podemos tratar de llegar por la tarde, porque cenan y se acuestan pronto.

Mientras hablaba, Ashley miraba a las parejas que bailaban y otras que cenaban tranquilamente. Se sentía atrapada en un sueño del que no podía despertar. Miró a Ryan y cuando su atención se desvió hacia su boca, se dio cuenta de que quería besarlo y sentir sus labios y su lengua. Alzó la vista y se encontró con su mirada.

–¿Qué prefieres hacer? –preguntó él y ella sospechó que estaba pensando en hacer el amor.

Trató de volver al tema y tomar una decisión antes de que la tomara Ryan.

–Vayamos a ver a tu familia el domingo.

–Excelente –dijo terminando la ensalada y dejando el tenedor en el plato. Miró el plato de ella–. ¿No te comes la ensalada?

—No tengo hambre –respondió Ashley.

–¿Quieres que vayamos a otro sitio?

–¡No, por Dios! Este sitio es maravilloso, sólo es que no tengo hambre.

–De acuerdo –Ryan sacó un teléfono móvil–. Vamos a llamar para arreglarlo todo. Puedes usar mi teléfono –se lo abrió.

Negando con la cabeza, sacó Ashley su propio móvil.

–Usaré el mío. Cuando les diga que voy a llevar a un amigo a casa, sabrán que es alguien especial, pero no pienso anunciar mi boda por teléfono.

–Lo que tú quieras –sonrió él.

En ese momento Ashley oyó la voz de su padre y habló con suavidad, organizándolo todo para la visita. Guardó el teléfono en el bolso y esperó a que Ryan hiciera su llamada.

–Mi abuela quiere que vayamos a cenar el sábado, le he dicho que estaremos allí a eso de las cinco.

–Por mí bien –respondió él–. Estoy deseando conocerlos. Mi familia estará en casa de mi padre el domingo sobre las siete. Ya está arreglado. Sobre la boda: quiero que mi padre sea el padrino y que estén mis hermanos y Jake y Nick. ¿Es demasiado para ti?

–No. Yo tengo a Katie, Jenna y a mis primas y a una amiga de toda la vida que aún vive en mi pueblo.

–Ahora, pongamos fecha. Tenemos que casarnos pronto –añadió.

–¿Puedes ir más despacio? –Ashley se frotó la frente.

–¿Por qué esperar? Estás embarazada y pronto estaremos casados, ¿qué sentido tiene esperar?

–Hay millones de cosas –dijo agarrando el mantel hasta que se le pusieron blancos los nudillos–. Para empezar, conocernos el uno al otro.

–Eso llegará –Ryan se encogió de hombros–. Ya ha empezado. ¿Qué bodas tienes en la agenda para el siguiente fin de semana?

–¡El siguiente fin de semana! –exclamó–. Ryan, no me voy a casar al siguiente fin de semana.

–¿Y qué tal al otro?

–Tengo una boda nocturna.

–¿Puede encargarse tu asistente si la avisas con tiempo? Habremos terminado a tiempo para que ella pueda ir a esa boda.

Ashley se sujetó la cabeza con las manos y pensó en su agenda, en las bodas, en las reuniones y en todo lo que tenía que hacer.

–¿No podría ser en septiembre? –preguntó.

–No hay ninguna razón para esperar hasta septiembre. ¿Qué tal el fin de semana después de ése?

–Por supuesto, ¿por qué no? –exclamó–. ¡Vas a conseguir todo lo que quieres!

Ryan sonrió, se puso de pie y le tomó la mano.

–Bailemos para tranquilizarnos. La cena estará aquí cuando volvamos.

Ashley fue con él conmocionada por la velocidad a la que Ryan le estaba cambiando la vida.

–Tienes razón en una cosa –dijo ella mientras bailaban–. Es mejor moverse un poco.

–Mucho mejor tenerte entre los brazos –Ryan se inclinó sobre ella haciendo que su aliento le rozara la oreja–. Estás preciosa esta noche, Ashley.

–Gracias –dijo ella admirando el modo en que el diamante reflejaba la luz–. ¿Cuándo has comprado el anillo?

–Esta mañana.

–Estás acelerando las cosas, Ryan. No quiero que nos acostemos enseguida. Podemos conocernos un poco mejor antes –se echó hacia atrás para mirarlo y ver qué estaba pensando.

–Si así es como lo quieres, por mí está bien. Puedo esperar –dijo él–. No quiero esperar, pero puedo.

–Bien. Es lo que quiero. Y mucho. Me has arrastrado a la boda, pero el sexo es algo que puede esperar a que los dos queramos. Ya sabes que me arrepiento del impetuoso fin de semana que pasé contigo.

–Me decepciona escuchar eso, porque creo que fue el mejor fin de semana posible –afirmó–. Por eso no he podido olvidarte.

Sus cumplidos la halagaban y animaban, pero no quería que él se diera cuenta.

–Tengo una petición –añadió Ryan–. Esperaré al sexo, pero ¿podemos hacer una excepción la noche de bodas? Es mi primera, y espero que única, boda. Es un evento que recordaré el resto de mi vida y espero que a ti te ocurra lo mismo. No vamos a poder dar marcha atrás y repetirlo. Así que... ¿podemos tener una noche de bodas de verdad?

A Ashley se le paró el corazón y su mente echó a correr. Dos semanas hasta la boda. Dos semanas hasta que volvieran a hacer el amor. Pero si sucumbía y aceptaba, ¿sería capaz de resistir las demás noches antes de que se conocieran mejor? ¿Antes de que empezaran a enamorarse o comprobar si su matrimonio cara a la galería les explotaba entre las manos tan bruscamente como había empezado?

Sabía que él estaba esperando. Pensó en lo que había dicho: «... primera, y espero que única, boda...» ¿Sería de verdad la única? ¿Quería ella pasar otra noche con él, esa vez ya casada? Ella quería paciencia, noviazgo y amor. En lugar de eso, tenía a un hombre arrogante que se hacía cargo de todo y que, además, estaba decidido a que se hiciera su voluntad. ¿Era Ryan a quien quería? Aun así, era consciente de que esa noche él le estaba dando cortejo y romanticismo. Iba a hacer cosas maravillosas por su familia.

Siguieron bailando en silencio. Finalmente, Ashley alzó la vista y lo miró.

–De acuerdo, Ryan. Tendremos una auténtica noche de bodas.

–¡Fantástico! –exclamó él con los ojos brillantes y dedicándole una perturbadora sonrisa–. Haré que te sientas encantada de haber tomado esa decisión. Sé que seremos felices –la abrazó más fuerte.

Una noche de bodas auténtica. Ashley pensó en el tórrido fin de semana que había pasado con Ryan sin ninguna clase de inhibición y se le encendieron las mejillas.

–Ashley... –empezó a decir él, pero la miró y entornó los ojos–. Estás recordando el fin de semana, ¿verdad? –preguntó con voz ahogada.

Ashley respiró hondo y apartó la vista. Ryan le alzó la barbilla y la miró intensamente con llamas en el fondo de los ojos.

–Yo también me acuerdo y quiero amarte desde ahora mismo. Ashley, este matrimonio puede ser de lo mejor.

Ashley cerró los ojos por el dolor que sentía dentro. Deseaba gritarle que ella necesitaba amor, no deseo. Se soltó y salió deprisa de la pista de baile en dirección a la mesa. Él la alcanzó de inmediato.

–¿Sigues enfadada conmigo?

–¡Por supuesto! Lo que tenemos es deseo y poco más.

–Si de verdad pensase eso, no seguiría adelante con este matrimonio, pero hay momentos, cuando tus sentimientos hacia mí dan un giro de ciento ochenta grados, que creo que podríamos enamorarnos si nos dieses una oportunidad.

Cenaron unos minutos en silencio. En un momento, él soltó el tenedor.

–Ashley, yo pagaré la boda. Quiero hacerlo. Tengo suficiente dinero para que puedas organizar todo lo necesario en dos semanas. Además, dado que eres una experta, te resultará fácil.

Definitivamente había perdido el apetito. Dejó el tenedor en el plato y dijo:

–Supongo que será una boda por todo lo alto.

–Me temo que sí –dijo él–. Hay mucha gente a la que debería invitar.

–Nuestra iglesia no es muy grande. Cabrán unas quinientas personas.

–Haré una lista –Ryan se pasó la mano por la nuca–, pero supongo que andaremos por el millar. ¿Te importaría que nos casásemos en mi iglesia de la ciudad? Podemos ir el domingo y echar un vistazo.

–Por mí está bien. Mi familia lo entenderá. También los amigos; además, les parecerá divertido ir a Dallas de boda.

–Meteremos a tu familia y amigos en mi hotel. A todos los que quieras.

–Eso es muy generoso, Ryan.

–Me alegro de poder hacer algo que te guste –sonrió.

Era encantador y no se podía resistir a él. Su furia ya no era tan intensa como por la mañana. Al menos en ese momento no lo era.

–Pensar en organizar todo esto en sólo dos semanas hace que la cabeza me dé vueltas.

–Eres una organizadora de bodas profesional. Tendrás el presupuesto que quieras. No debería ser muy difícil –señaló secamente.

–¿Cómo sabes que puedes confiar en que no te arruinaré?

–Sospecho que eres demasiado práctica, demasiado honesta y que no estás acostumbrada a vivir derrochando.

–Tienes razón –dijo sorprendida, y él sonrió.

–Mira, Ashley. Estoy empezando a conocerte. Si dejas a un lado tu enfado, empezarás a conocerme tú.

–Oh, también te voy conociendo: arrogante, seguro de ti mismo...

–Recuerdo tu descripción –la interrumpió mientras se ponía de pie para quitarse la chaqueta y colgarla del respaldo de la silla–. Dado que no comemos nada, vamos a bailar otra vez.

La llevó de la mano hasta la pista para bailar dos piezas rápidas. Ashley bailó con él mirándolo moverse de un modo sensual, recordando cuando hicieron el amor, sabiendo exactamente cómo era bajo la ropa.

En un momento dado, él se acercó, le soltó el pelo y se guardó la pinza que lo sujetaba en el bolsillo. Siguió bailando sin dejar de mirarla.

¿Cómo podía seguir resistiéndose?, se preguntó Ashley. Incluso en la pista de baile era seductor, movía las caderas de un modo sensual mientras el deseo ardía en sus ojos. Apareció un grupo que sustituyó al pianista. Tocaron una pieza latina y los seductores movimientos de Ryan se intensificaron. El sudor le brillaba en las cejas y su mirada la desnudaba y acariciaba mientras Ashley iba olvidando su furia y la boda y el futuro. Sólo estaba la música y Ryan. Sobre la frente le caían unos mechones de pelo negro y se desabrochó el botón del cuello de la camisa al tiempo que se aflojaba la corbata. Cada movimiento que hacía era sugerente y Ashley ardía de deseo.

Con un redoble de la batería, terminó la canción y Ryan la agarró, la abrazó y la inclinó mientras la miraba a los ojos.

–Voy a amarte hasta que te ahogues de deseo –susurró encendiéndola del todo.

El grupo empezó una balada. Ryan la rodeó con los brazos. Casi jadeando, se rozaban los muslos mientras bailaban muy juntos. Deprisa y despacio, siguieron tocando los músicos y ellos bailaron casi otra hora. Ashley apenas era consciente de lo que la rodeaba, del resto de comensales, los camareros, su mesa ya recogida. Incluso se había olvidado de la boda.

Finalmente, cuando terminó una canción, Ryan la tomó de la mano.

–Si quieres volver a Dallas, tenemos que marcharnos. Por supuesto, si quieres quedarte a pasar la noche aquí, el hotel es mío y podemos ocupar una suite.

–Volvamos a Dallas –dijo Ashley sacudiendo la cabeza.

Volvieron a la mesa para que ella recuperara su bolso, salieron del hotel y volvieron en limusina al avión. Cuando el avión se elevaba sobre Houston y mientras miraba las luces de la ciudad, los ojos de Ashley repararon en el anillo. Había sido un día inolvidable, su vida había cambiado para siempre, había dado un giro que jamás había soñado.

Ryan miraba por la ventanilla. Se había quitado la chaqueta y la corbata y llevaba la camisa parcialmente desabotonada. Ashley podía ver mechones de pelo negro en su pecho e inspiró recordando cómo era besar ese pecho.

¡Se iba a casar con ese hombre en dos semanas! Cada vez que lo pensaba, se quedaba sin palabras. Cuando Ryan quería algo, lo perseguía con ahínco, y sería mejor que lo recordara. Ashley sabía que no era la esposa que él quería, pero su hijo... Ella era sólo un medio para alcanzar un fin, pero lo había creído cuando había dicho que no la separaría de su hijo. Pero ¿era ingenuo por su parte aceptar su palabra?

Una vez más pensó que se casaba con un extraño. Aunque estaba empezando a conocerlo. La mayor parte del tiempo que habían pasado juntos había sido excitante y lo había disfrutado.

Tenía que organizar una gran boda para ella en dos semanas. Y después tendría una auténtica noche de bodas con él. Todos los nervios de su cuerpo se tensaban cada vez que pensaba en ello.

Como si supiera lo que pasaba por su mente, Ryan se dio la vuelta y la miró.

–¿En qué piensas?

–En la boda –dijo Ashley con la esperanza de que no se diera cuenta de que pensaba en la noche de después.

–¿Hacemos algunos planes más? –miró la señal y vio que se podía quitar el cinturón, se puso de pie y desapareció en la parte delantera del avión, de donde volvió con un cuaderno y un bolígrafo. Se los dio a ella–. Puedes apuntar si quieres. Lunes. Te daré la lista de invitados. Supongo que tú conocerás a todos los de tu pueblo.

–Casi, pero no pretendo invitarlos a todos.

–Haz lo que quieras. Cómprate el vestido que quieras. Tú ocúpate de los detalles, yo organizaré la luna de miel.

–¿Luna de miel? –preguntó sorprendida–. ¿Por qué? No estamos enamorados y te he pedido que nada de sexo después de la noche de bodas. Ya me imagino lo que estás maquinando. ¡Esperas seducirme!

–Nos iremos solos para conocernos mejor –respondió apoyándose en el respaldo–. Piensa en una semana.

–¡Una semana! –exclamó–. Bueno, no voy a discutir contigo por ese asunto –dijo exasperada–. Elige algún sitio cálido y con sol. No me gusta la nieve.

–Sólo vamos a conocernos mejor –sonrió con la esperanza de que ella se relajara.

–No tienes que recordármelo continuamente –dijo ella–. ¿A qué hora será la boda?

–Por la mañana. Daremos de comer a todo el mundo y después saldremos de luna de miel. ¿Te parece bien?

–Sí –dijo ella–. Ensayo el viernes por la noche.

–Necesitarás ayuda con las invitaciones, ¿no?

–No, puedo hacerlo en mi oficina y mandarte la factura.

Él asintió y ella fue consciente de que no iba a poner ninguna objeción a todo lo que propusiera, sin importar el precio. Se quedó mirándolo a los labios, pensó en sus besos y, a pesar de su enfado con él, deseó estar más cerca.

Ryan se acercó y le rozó los labios con los suyos. Ashley cerró los ojos, se relajó y cuando la besó completamente, gimió.

Ryan le soltó el cinturón, la levantó, se sentó en su asiento y se la colocó en el regazo para abrazarla mientras la besaba con más fuerza. El corazón de Ashley latía con fuerza y su respiración se tornó errática. Olvidando sus diferencias, le rodeó el cuello con las manos y le devolvió el beso deseando mucho más.

Mientras se besaban, Ashley sabía que el tiempo iba pasando y que el deseo se intensificaba por segundos. Para parar un poco las cosas, se apartó reacia de él.

–Eres irresistible, Ashley –dijo acariciándola en el cuello.

–Sabes cómo reacciono –replicó levantándose del regazo, alisándose la ropa y volviendo a su asiento. Miró por la ventanilla.

–No sé cómo reaccionarás –dijo él solemne después de unos minutos–, pero trato de aprender cómo respondes a cada caricia y beso.

–Estás yendo demasiado deprisa, Ryan –susurró,

porque sus palabras eran tan eficaces como una caricia–. Cambiemos de tema. La boda, si quieres.

–No hemos hablado de dónde viviremos después de casarnos –dijo él tras encogerse de hombros–. ¿Que te parece mi apartamento? Luego podemos construir una casa y así tendremos más espacio cuando nazca el niño.

–No había pensado en dónde viviríamos –dijo ella asombrada–. Por mí está bien. Nada de esto me parece real, Ryan.

–Es real –afirmó él–. Vuelve a mi regazo y te convenceré de que es real.

–No. Mi cabeza no es capaz de procesar tanto cambio repentino. Las cosas que yo nunca pensaba que ocurrirían están sucediendo una tras otra.

–Busca también un decorador la semana que viene. Hay que cambiar mi dormitorio para que sea el de los dos. Deberíamos empezar nuestra vida de casados en una cama nueva. Gástate lo que quieras.

–Puedes ser tan testarudo y después tan generoso... –lo miró asombrada.

–Puede que al final descubras que soy un buen tipo.

–Sé que eres un buen tipo –dijo Ashley–. Hasta que quieres algo.

–Puedes decorar alguna otra habitación del piso... o todas, si quieres.

–Te lanzas a toda máquina en todo lo que haces –señaló, entre risas–. De acuerdo, me encargaré del dormitorio. Una cama nueva estará bien –añadió, y la idea la dejó sin respiración.

–Me muero de ganas de probarla contigo.

–Vas a hacer que me ruborice.

–Eso te hace parecer incluso más guapa –dijo, y sacó una tarjeta de un bolsillo–. Cárgalo todo aquí .

–Ryan, eres muy generoso.

–Vas a ser mi esposa, Ashley. Lo hago por mí –respondió en tono desenfadado–. De otra cosa que no hemos hablado es de tu trabajo.

–¿Ves? –dijo ella–. De eso era de lo que hablaba. Sabía que te ibas a meter en todo.

–Creo que estamos llegando a acuerdos sobre casi todo. Te estoy dejando gran parte de la organización a ti.

–¿Y qué has pensado sobre mi trabajo?

–Si quieres dejarlo ya, por mí bien.

–No, aún no quiero dejar de trabajar.

–Tendrás que hacerlo antes de que nazca el niño. ¿Qué te parece tres meses antes como mucho?

–¿Qué tal dos?

–Si eso es lo que quieres... –aceptó él–. Ya que tienes buena salud, por mí está bien, pero no levantes cosas pesadas. Puedo mandarte a alguien para que te ayude a mover las cosas, ya que sois tres mujeres.

–No creo que necesitemos ningún hombre –contestó ella sonriendo.

–¿Quién mueve los candelabros y todas esas cosas de las bodas? ¿Quién las carga en un camión y después las descarga en la iglesia?

–De acuerdo –Ashley se encogió de hombros–. Lo hago yo o mis ayudantes, pero no me puedo permitir pagar a un tipo para que ande de un lado para otro acarreando cosas.

–Lo pagaré yo. Dale algún trabajo más. Buscaré a alguien joven y fuerte y que esté estudiando para que le interese un trabajo a tiempo parcial, ¿qué te parece?

–Bien, Ryan –dijo sabiendo que era inútil discutir–. En realidad, estaba pensando en meter a alguien media jornada por esa razón. Pero no veía cómo podía justificar su sueldo.

–Ahora no tienes que hacerlo.

–Gracias, Ryan –dijo, tranquila–. Estás siendo increíblemente generoso.

–Me puedo permitir serlo y pronto vamos a ser una familia.

Ashley respiró hondo y se preguntó cuánto le llevaría adaptarse a su nuevo estatus. Fueron en silencio un tiempo hasta que Ryan sacó el tema de la vida en la granja:

–¿Qué le pasó a tu madre?

–Murió en un incendio en el granero cuando yo tenía dieciséis años. Trabajó mucho en la granja, como mi padre. Le encantaba, lo mismo que a mi hermano. ¿Qué le pasó a la tuya?

–No podíamos pagar el seguro sanitario y ella siempre decía que estaba bien. Tuvo un ataque y murió.

–¿Cuántos años tenías?

–Dieciocho. Maldición, fue terrible.

–Cuando ocurrió ya eras amigo de Nick y Jake, ¿no?

–Sí, y su amistad me ayudó a superarlo. Emocional y económicamente. Juramos que siempre nos ayudaríamos... Pero creo que eso ya te lo he contado.

–Sí, y es sorprendente. A los tres os ha ido bien.

–Sí, es gratificante. La vida ha sido generosa con nosotros. No quiero volver a ser pobre o a pasar hambre jamás. Cuando era pequeño, pasamos por momentos muy difíciles, pero éramos una familia unida y lo afrontamos, y eso es más de lo que tiene mucha gente.

–Sí, así es. Nosotros también. Me siento muy afortunada por mi familia. Jeff, mi hermano, tiene veintiún años, cuatro menos que yo –dijo, y recordó que el fin de semana que habían pasado juntos él le había dicho que tenía treinta y dos.

Siguieron hablando hasta que llegaron al apartamento de Ashley. Ya en la puerta ella dijo:

–Ha sido un gran día y una gran noche, Ryan –se miró la mano–. El anillo es precioso.

–Este matrimonio va a funcionar –Ryan le quitó unos mechones de pelo de la frente–. Ya lo verás.

–Eres la persona con más confianza que he conocido.

–Tengo buenos presentimientos con nuestro matrimonio.

–Nuestro matrimonio, nuestro hijo... No consigo acostumbrarme a todo esto. Gracias por la cena. El anillo es espectacular, Ryan, pero esto es una locura. Me has llevado a cenar a Houston, me has regalado un anillo y estamos aquí de pie dándonos educadamente las buenas noches.

–Tienes otras opciones –dijo él.

–No estoy preparada para eso –sacudió la cabeza, le pasó una mano por el cuello y le dio un beso en la mejilla.

Al instante, él la rodeó con los dos brazos y la besó en los labios. Sus lenguas se entrelazaron y Ashley sintió que todas sus diferencias se desvanecían. Por un momento dio rienda suelta a sus sentimientos, pero finalmente apoyó las manos en el pecho de él y se soltó.

–Es todo por esta noche, Ryan –susurró–. Gracias de nuevo y hasta el sábado.

–Buenas noches, Ashley –dijo él y se dirigió al coche a grandes zancadas.

Ashley lo miró hasta que arrancó el motor y después cerró la puerta y se quedó apoyada contra ella. Alzó la mano y miró el anillo. Sintió que la tristeza, la rabia y el asombro se mezclaban en su interior.

No tenía sueño, así que se sentó tras su mesa a trabajar en las flores, la música y otros detalles de la boda. Después se fue a la cama y se quedó tumbada a oscuras pensando en su futuro.

Al menos podría hablar a su familia del bebé. Suponía que todos estarían encantados.

Capítulo Seis

El sábado por la mañana el sol entraba por las ventanas de la habitación de Ashley y se dio la vuelta en la cama. Se quedó quieta un momento y después recordó todo lo que tenía que hacer. Se levantó y se metió en la ducha.

Comprarse un vestido le llevó sólo dos horas. Mientras estaba frente al espejo mirándose con el vestido sin mangas de seda blanca con una cola que se podía quitar, supo que ése era el que quería. Se pasó la mano por el vientre, que seguía sorprendentemente plano. Sería por su estatura, pensó.

Durante la mañana, mientras iba de compras, hacía llamadas y organizaba todo, una gama de emociones diversas la asaltó. En un momento sentía aprensión por una unión sin amor y al siguiente se sentía excitada ante la perspectiva de casarse con Ryan.

A mediodía, mientras se vestía para ir a la granja, llegó otro enorme ramo de flores. Miró la tarjeta y sacudió la cabeza. Las flores eran preciosas, pero no podían calmar los nervios provocados por su futuro con Ryan. Mucho más tranquilizadoras habían sido sus llamadas mientras había estado en Chicago. Habían hablado por las noches durante horas.

A las dos, cuando se abrió la puerta y entró Ryan, el corazón le dio el vuelco habitual. Con una camisa negra de punto y unos pantalones negros, rebosaba vitalidad. Su miraba reflejaba la aprobación de su blusa rosa y los vaqueros. Llevaba el pelo recogido en una larga trenza. La agarró de las caderas y la miró girándola primero a un lado y luego a otro.

–Mírate con esos vaqueros ceñidos. ¿Seguro que estás embarazada?

–Muy seguro –respondió, seca.

–No lo pareces.

–He decidido que es porque soy alta.

–Estás preciosa, Ashley, y me encantaría quedarme aquí.

–Gracias, pero tenemos que ir a ver a mi familia, están esperando –le recordó.

–Lo sé, pero estás tan excitante con esos vaqueros...

–¿Quieres que me ponga algo suelto?

–¿Y estropearme el día? ¡Jamás! Vamos a conocer a tu familia.

Ya en el coche, saliendo de la ciudad, Ryan la miró.

–Un tema que no hemos hablado. ¿Cuándo anunciaremos que esperas un bebé?

–Lo he estado pensando y creo que es mejor decírselo a la familia ya. No veo razón para decírselo a nadie más, pero creo que nuestras familias deben saberlo. Así sabrán por qué te casas conmigo.

–Ésa es una buena razón para esperar.

–Ahora es el momento, Ryan. Cuando descubran el porqué, tu familia tratará de disuadirte de esta boda, y eso está bien.

–No, no lo harán. Sabrán que estoy haciendo lo que quiero y me conocen lo suficientemente bien para saber que no me casaría contigo sólo porque estés embarazada –ella lo miró incrédula–. Ya lo verás, Ashley, sigo diciendo que seremos una buena pareja.

–Sin amor. No veo cómo.

–Cada vez que dices que esta unión no tiene futuro, tengo que insistir en que el amor surgirá.

Ashley se mordió el labio y miró por la ventanilla sabiendo que esa discusión era inútil. Si Ryan le diera una oportunidad al amor para que surgiera solo y después le pidiera que se casase con él... entonces sí sería un evento feliz.

–He arreglado lo de la iglesia y ya está reservada –dijo Ryan–. También he reservado el club de campo y la orquesta para el banquete.

–Vamos muy bien, porque yo he arreglado la música de la ceremonia. He hablado con la floristería y ya saben lo que quiero. He elegido el vestido y los de las damas de honor y he empezado a hacer la lista de invitados; necesito la tuya lo antes posible.

–Te la daré le lunes por la tarde. He puesto a mi secretaria a ello y luego yo añadiré gente.

–He encargado las tartas. Puedo contratar un catering, pero me imagino que el club se encargará de la comida.

–Sí. Les he dicho que llamarías para elegirla.

–¿Y no te preocupa lo que elija?

–No, y el precio no es problema.

–Entonces será muy fácil –dijo ella–. En cuanto sepamos el número de asistentes, estará todo listo.

–He reservado una habitación en el club para la cena de ensayo la noche antes y puedes llamarlos cuando quieras para decidir el menú.

–Bien. En algún momento tendremos que pensar en el nombre del niño o la niña, pero aún es pronto.

–Haré una lista de nombres que me gustan y tú harás lo mismo.

–Y supongo que no coincidiremos ni en un solo nombre.

–¿Crees que somos tan diferentes? –preguntó él mirándola.

–Absolutamente –afirmó ella.

Ryan le tomó la mano y se la apoyó en el muslo.

Ashley sintió un estremecimiento por lo íntimo del gesto.

—Estoy ansioso por casarme —dijo él—. Y aún más excitado por la perspectiva de volverte a amar la noche de bodas.

Ella se humedeció los labios y le pasó la mano por el muslo lentamente hasta que lo oyó inspirar con fuerza.

—Un poco más, Ashley y me salgo de la carretera —dijo con voz ahogada.

Ella quitó la mano y se puso a mirar el paisaje. La autopista transcurría en medio de un tupido bosque.

Cuando se acercaban al edificio blanco de dos alturas de la granja, Ashley le contó su historia.

—Cada familia que habitó la granja levantó un edificio en ella, pero la estructura original es de finales del siglo XIX. La riada del año pasado se llevó algunos de los edificios exteriores y la cosecha, pero el agua no tocó la casa.

—¿No te arrepientes de haber dejado esto?

—En absoluto. Ser granjera es un trabajo duro. Siempre estás luchando contra los elementos. Quizá aún estoy resentida con la granja por haberse llevado a mi madre.

—Sí, lo mismo que yo hecho la culpa a los tiempos difíciles de haberme dejado sin la mía —tomó la mano de Ashley—. Nuestro hijo va a tener más oportunidades, Ashley, y mucho amor.

Por primera vez Ashley sintió que había un vínculo con Ryan que no tenía que ver con el sexo. Un destello de esperanza brilló mientras compartían sus experiencias de épocas peores. Lo besó en los nudillos.

—Espero que tengas razón —dijo ella—. Tendré que admitir que somos parecidos en lo tener el control.

–Así que –dijo él con una sonrisa– admites que te gusta el control tanto como a mí.

–Supongo –admitió ella sonriendo también.

El padre de Ashley abrió la puerta, con los ojos llenos de curiosidad.

–Ashley –dijo abrazándola.

Cuando la soltó, ella se dio la vuelta.

–Papá, éste es Ryan Warner. Ryan, mi padre, Ben Smith.

Se estrecharon las manos y Ben dio un paso atrás.

–Pasad. Ésta es mi madre, la abuela de Ashley, Laura Smith.

Una atractiva mujer de pelo blanco, con unos pantalones negros y una camisa de algodón blanco estaba de pie tras él y sonreía a los dos. A su lado estaba el hermano de Ashley, Jeff, quien también tenía los ojos azules y era alto.

Después de las presentaciones, se sentaron en el cuarto de estar, con sus techos altos, sus alfombras de nudos y las fotografías familiares colgando de las paredes entre las estanterías con libros.

La curiosidad seguía llenando los ojos del padre de Ashley, pero pronto todo el mundo estaba charlando y él contando historias de la granja y de cuando Jeff y Ashley eran pequeños.

Con aire relajado, como si conociera a su familia desde hacía años, Ryan contó su estancia de dos meses en un rancho de caballos y su único intento de montar un toro, lo que arrancó las risas de todo el mundo. Ashley pensó que si había hecho lo que estaba diciendo, había en él una vena temeraria.

Durante la cena, Ryan comió lo bastante como para agradar a su abuela, a quien gustaba agasajar a amigos y parientes.

Después del postre, Ashley captó la atención de Ryan y le dedicó una larga mirada.

–Familia, tenemos algo que contaros –dijo haciendo una pausa para que la miraran–. Ryan me ha pedido que me case con él y he aceptado.

Su abuela dio un grito de alegría y rodeó la mesa para abrazar a su nieta mientras el padre y el hermano estrechaban la mano a Ryan.

–Enhorabuena, hermanita –dijo Jeff sonriendo–. Pensaba que este momento no llegaría nunca.

Ashley rió a carcajadas porque sabía que estaba de broma; además se sentía aliviada una vez hecho el anuncio. Cuando se dio la vuelta para mirar a su padre se sorprendió al ver su gesto solemne y sus ojos escrutadores.

Lo primero que pensó Ashley fue que su padre sabía que ella no quería casarse, pero entonces la abrazó y le dio la enhorabuena. Pasaron todos al cuarto de estar mientras Ryan y ella respondían a toda clase de preguntas sobre la boda.

De nuevo Ashley pensó que si fueran conscientes de las circunstancias, tratarían de disuadirla de la idea. Su padre quizá no, por la ayuda económica que suponía Ryan para el bebé.

No quería esperar hasta el final de la visita para darles la noticia que faltaba, pero ellos querían saber los detalles de la boda y poner las fechas en el calendario. Finalmente pensó que era un buen momento y cruzó la sala para sentarse en el brazo del sillón de su padre.

–Tenemos otro anuncio que, de momento, es sólo para las familias –dijo mirando a Ryan y sintiéndose como en un sueño–. Vamos a tener un bebé.

La abuela volvió a dar un grito y a abrazar a su nieta, mientras que Ben estrechó la mano de Ryan y lo felicitó antes de abrazar a su hija. La miró de nuevo con una expresión sombría.

–Es la mejor de las noticias posibles. ¡Voy a ser abuelo! –sus palabras contradecían su expresión, pero Ashley se sintió aliviada.

–Felicidades, hermanita –dijo Jeff–. ¡Voy a ser tío!

Hablaron del bebé y de la boda y después pasaron a otros temas. Finalmente Ashley se puso de pie y preguntó:

–¿Alguien quiere un vaso de agua? –nadie dijo nada y se marchó a la cocina.

Mientras bebía agua, su padre entró en la cocina y cerró la puerta. Se acercó a ella y le apoyó las manos en los hombros.

–Te casas con él por el bebé, ¿verdad?

–Supongo que tengo que responder que sí –dijo tranquilamente sin querer preocupar a su padre, pero sin poder mentirle.

–Si no hay un amor profundo entre vosotros, piensa bien lo que haces, Ashley. Nosotros estamos aquí. Te ayudaremos con el bebé y no tendrás que recurrir ni a Ryan ni a su dinero si no quieres.

–Oh, papá –dijo al notar la preocupación en su voz y agradecida por su apoyo. Lo abrazó y luego se separó de él para decirle–: Espero que seamos capaces de aprender a amarnos.

–Eso no es una buena base para un matrimonio, Ashley. Piénsalo. Es bueno que quiera casarse contigo, pero el matrimonio es una relación que requiere fuertes vínculos y cooperación por ambas partes. Si no tenéis eso, puede ser un desastre. Piénsalo dos veces. No es tu hombre. No brillas de amor y felicidad.

–Lo pensaré, papá. Y Ryan y yo lo hemos hablado largamente –respondió con cautela preguntándose cómo reaccionaría su padre cuando supiera que Ryan iba a pagar la hipoteca de la granja y que Jeff volvería a la universidad–. No te preocupes, trataré de hacer lo que crea mejor para mí y para el bebé.

–Eso espero, Ashley. Quiero decirle a Ryan que me gustaría hablar con él pronto. Sólo los dos.

–Oh, papá, no empieces una guerra con él.

–No tengo intención de hacer algo semejante. Sólo quiero que sepa que es mejor que no te haga daño.

–No va a hacerme daño y tú tampoco lo vas a intimidar.

–Sigo queriendo hablar con él. No creo que sea malo que sepa lo importante que eres para nosotros.

Ashley sacudió la cabeza exasperada, preguntándose por qué su vida tenía que estar llena de hombres tan testarudos.

–Vamos con los demás –dijo.

Cuando volvieron al cuarto de estar, Ryan la miró interrogativo, pero Ashley notó que su hermano y la abuela estaban relajados y riendo por alguna anécdota suya.

Eran casi las diez cuando finalmente se despidieron y se marcharon, a pesar de que el padre de Ashley insistió para que se quedaran a dormir y se fueran por la mañana.

–Tienes una gran familia –le dijo Ryan ya en el coche–. El sentimiento puede que no sea mutuo, sin embargo. Tu padre quiere hablar conmigo, lo que está bien, pero no lo veo muy contento con las próximas nupcias.

–No, no lo está, pero cambiará.

–No será propenso a llevar pistola, ¿verdad? –dijo Ryan en tono ligero y ella sonrió.

–No, no lo es. Tiene mucho carácter.

–Ah, ahora sé de dónde lo has sacado tú.

–Dijo la sartén al cazo... –exclamó ella.

–Vendré a ver a tu padre el lunes por la mañana. Seguramente me advertirá que no te haga daño y yo le diré que voy a pagar la hipoteca de la granja.

–Puede que lo rechace –dijo Ashley.

–No lo hará. Es un hombre con sentido común y sabe las penurias que pasas para ayudarlo. Tu hermano es inteligente –siguió–. Le daría un trabajo en un minuto si quisiese dejar la granja.

–Jeff es brillante y me alegro de saber que lo contratarías, pero mi padre planea que se quede con la granja. Jeff ama la granja más que a nada en el mundo.

–Me alegro de que tú no –dijo Ryan agarrándole una mano.

Hablaron todo el camino hasta Dallas y cuando se acercaban al barrio de Ashley, la miró y dijo:

–Podríamos seguir hasta mi casa.

–No, mejor me dejas en la mía.

Para cuando llegaron a su casa, su deseo por él era casi incontrolable. Por su flirteo, por haber pasado el día a su lado, por sus caricias y suaves besos en la mano, en la mejilla.

–Bueno, mañana por la mañana veré la iglesia. Las cosas de una en una...

Ryan la rodeó con los brazos y la besó con fuerza, la lengua buscando en su boca. El corazón de Ashley vaciló y le pasó los brazos por el cuello, devolviéndole el beso. Gimió deseando hacer el amor, muriéndose por él. Tembló entre sus brazos y arqueó las caderas contra él, notando la presión de su erección, sabiendo que estaba listo para ella.

Finalmente lo empujó ligeramente y él la soltó. Ambos tardaron en recuperar el aliento.

–Hasta mañana –dijo ella y se metió deprisa en la casa.

Cerró y echó la llave ardiendo de deseo. Estaría más que preparada para la noche de bodas. ¿Qué pasaría con las noches de la luna de miel? ¿Cedería a sus demandas y se entregaría?

¿Llegaría el amor? Ashley sospechaba que se estaba enamorando de Ryan a pesar de su arrogancia y sus exigencias. ¿Podría él amarla? Apagó la luz y se fue a la cama.

La tarde del sábado estaba sentada al lado de Ryan en su coche y miraba la zona residencial que atravesaban. El piso del padre de Ryan estaba en una zona vallada de un suburbio de Dallas.

–Esto es precioso –dijo ella.

–A mi padre parece gustarle, lo que me hace feliz –dijo él–. También me hace feliz ayudar a tu familia, Ashley –ella lo miró detenidamente y Ryan le devolvió la mirada–. ¿Qué? ¿A qué viene ese escrutinio?

–Puedes ser tan decidido y arrogante y después cambiar y ser amable y generoso.

–Hace la vida más interesante, ¿verdad?

Mientras caminaban hacia la puerta, Ashley esperó que no se le notaran los nervios. Cuando la puerta se abrió, se quedó sorprendida. El padre de Ryan era quince centímetros más pequeño que su hijo. Era de hombros anchos, pecho redondo y tenía el rostro bronceado y surcado por arrugas. Su sonrisa parecía sincera y la curiosidad brillaba en sus ojos verdes mientras estrechaba la mano de Ashley.

–Ashley, éste es mi padre, Zach Warner. Papá, ella es Ashley Smith.

–Pasad. Me alegro de conocerla, señorita Smith.

–Por favor, llámeme Ashley –dijo aunque sabía que ella le llamaría señor Warner.

–Por una vez tus hermanos han llegado antes que tú. Supongo que tendrían curiosidad por conocer a tu amiga –dijo Zach.

Entraron al cuarto de estar, donde dos hombres se pusieron de pie y Ashley pensó que tampoco hubiera creído que fuesen hermanos de Ryan.

–Brett, ésta es Ashley Smith –dijo Ryan mientras se acercaba a ellos un hombre alto y de pelo rubio para estrecharle la mano; después Ryan se volvió a otro de pelo castaño de menor estatura y más fornido–. Él es el pequeño, Cal.

–Bienvenida, Ashley. Estamos impresionados porque eres la primera mujer que Ryan ha traído a casa para que la conozcamos. No sabemos si se sentía avergonzado de su familia o de las mujeres con quienes salía.

–Voy a sentirme avergonzado de ti si no te callas –bromeó Ryan.

–Por favor, sentaos –dijo Zach, y Brett ofreció algo de beber.

Ashley pidió el habitual vaso de agua.

Después de unas cuantas preguntas amables sobre la familia y los trabajos, Brett cruzó la sala hasta donde estaba Ashley.

–Bueno, mira esto –dijo tomándole la mano del anillo de compromiso y mirándola primero a ella y después a Ryan, quien se movió en el sofá y le pasó el brazo por los hombros.

–Eres tan observador como tu hermano –dijo Ashley sonriendo a Brett.

–Papá, y los demás, ya sabéis lo que pasa. Estamos comprometidos. Ashley va a casarse conmigo –anunció Ryan y por el tono Ashley pensó que nadie sospecharía la auténtica situación.

–Bienvenida a la familia –dijo el padre de Ryan dándole un abrazo con tanta fuerza que casi le hizo daño–. Es la mejor noticia que he recibido en años.

Los hermanos dieron la enhorabuena a Ryan y a ella sus condolencias, y el ambiente se tornó más festivo.

Finalmente todo el mundo volvió a sentarse y hablaron de la boda y después de otros asuntos.

Ashley se sentía más segura de Ryan al verlo allí, hablando con sus hermanos e intentando incluirla a ella en la conversación.

Tiempo después, Ryan miró su reloj, se puso de pie y la agarró de la mano.

–Antes de irnos, tenemos que daros otra noticia que, de momento, es sólo para la familia –bajó la vista hacia ella y en sus ojos había calidez y, sorprendentemente, orgullo–. Papá, vas a ser abuelo y vosotros tíos.

El caos volvió a adueñarse del grupo con abrazos y felicitaciones. Zach tenía lágrimas en los ojos mientras miraba a Ashley.

–No puedo decirte lo que eso significa para mí, Ashley. Había dado por perdido a estos chicos y asumido que nunca tendría nietos. No puedo expresar lo feliz que me siento –le dijo el padre de Ryan.

–Yo también me alegro –dijo ella sonriendo–. Estamos también muy emocionados.

Siguieron las conversaciones sobre el bebé, la boda y otros asuntos. Dos horas después se marcharon y mientras salían, los tres hombres se quedaron en el jardín despidiéndolos con la mano.

–Tienes una familia estupenda, Ryan –dijo con sinceridad.

–Pareces sorprendida –respondió él con una sonrisa.

–No, es sólo que no lo sabía.

–Así a lo mejor soy un poco más aceptable –le tomó la mano y la besó en los nudillos–. Deja de preocuparte tanto, Ashley.

–Lo intento, pero es difícil –dijo pensando en su padre y hermanos.

–Es evidente que hace cuatro meses me encontrabas atractivo –respondió Ryan secamente. Ashley trató de soltarse la mano, pero él se la sujetó–. Cálmate. Estás molesta porque quieres tomar todas las decisiones tú sola. Deja que te tome la mano –le dio otro beso–. Dentro de dos semanas estaré hecho pedazos de tanto desearte –lo dijo en un tono que le erizó todos los nervios.

–Dos semanas pasan rápido.

–No lo bastante para mí.

En su puerta la besó suavemente y se marchó. Mientras se preparaba para irse a la cama, Ashley pensó en todo lo que había pasado durante el fin de semana. Ryan tenía una gran familia y se sentía más aliviada cuanto más sabía de él y más fácil le parecía enamorarse. Se quedó quieta con el camisón en la mano.

¿Estaba ya enamorada de él? Estaban juntos siempre, y cada cosa nueva que aprendía de él incrementaba su deseo. Eran opuestos en muchas cosas, pero también compatibles, sobre el colegio para el bebé, las familias, bailar... cualquier cosa que no fuera la boda. Siempre hacía que se le parara el corazón cuando lo veía, pero ¿sus sentimientos no serían más fuertes porque cada vez se sentía más unida a él? ¿Estaba ya enamorada de Ryan aunque él no la amaba?

Capítulo Siete

Dos semanas después, la mañana del sábado, Ashley estaba de pie frente a un espejo oval en la sala de novias de la iglesia de Ryan. Se miraba mientras su abuela le alisaba el velo.

–Estás tan guapa, Ashley... Si pudiera verte tu madre...

–Tú estas muy guapa también –dijo ella–. No puedo creer que haya llegado el día.

–Así es, y también ha llegado el momento de que me vaya. Tengo que ocupar el lugar de tu madre en el primer banco –colocó las manos en los hombros de Ashley–. Te deseo toda la felicidad del mundo. Te casas con un buen hombre. Ha sido increíblemente generoso y bueno con nosotros. Sé lo de la hipoteca y su oferta de que Jeff vuelva a la universidad.

–Papá parece feliz y agradecido. Tenía miedo de que rechazase la ayuda de Ryan.

–Creo que Ryan lo convenció de que ahora somos parte de su familia y él es de la nuestra. Eres afortunada, Ashley, te casas con un hombre bueno.

–Lo soy, abuela –respondió ella sintiéndose terriblemente insincera y deseando gritar que no conocía bien a Ryan y que no se amaban; o, al menos, que él no la amaba.

Se dio la vuelta para abrazar a su abuela preguntándose qué habría sucedido si le hubiese dicho que no a Ryan. Ya era demasiado tarde para esas especulaciones. Dio un paso atrás y Laura estiró el velo.

–Es un vestido precioso y te queda perfecto. Ahora, vamos, chicas, es la hora –les dijo a las damas de honor, que llevaban vestidos amarillos y ramos de flores variadas.

Salieron todas y Ashley volvió a mirarse en el espejo incapaz de creer lo que veía. Se pasó un dedo por la elegante gargantilla de filigrana de oro con diamantes y perlas que Ryan le había regalado la noche anterior.

Sabía que su padre esperaba y que en unos minutos tendría que hacer su entrada, pero quería tener un momento para prepararse.

Llamaron a la puerta y pensó que venían a por ella. Se dio la vuelta, esperando ver a su padre.

–Adelante –dijo.

La puerta se abrió y entró Kayla Landon, la amiga pelirroja de Ryan.

Ashley sintió un escalofrío mientras se daba la vuelta.

–Si estás buscando la iglesia, es al final del pasillo a la derecha.

–No, te estoy buscando a ti –dijo Kayla con voz suave, y de nuevo Ashley se sintió asombrada de que Ryan se hubiese casado con ella. Aquella mujer era impresionante.

Kayla llevaba un bonito vestido de seda con bordados en el cuello y los dobladillos. Tenía el pelo rizado y le colgaba sobre los hombros; una piel inmaculada, las mejillas rojas, una boca espectacular, gruesas pestañas y una figura que haría que los hombres se dieran la vuelta.

Mientras Ashley la miraba, de pronto ya no se sintió guapa, y su vestido le pareció increíblemente soso y sencillo en comparación.

–Quería felicitarte por atrapar a Ryan –dijo Kayla entrando en la sala y cerrando la puerta tras ella–.

Es todo un logro. No eres de su clase social y tampoco eres su tipo. Aunque es bien sabido que se casa contigo por lástima –añadió, con una expresión presuntuosa.

Ashley había empezado a colocarse el ramo para disponerse a salir, pero se detuvo bruscamente conmocionada. Kayla se acercó lo bastante como para que oliera su perfume.

–Nunca había soñado que un embarazo pudiera hacer algo así –siguió–. Él no te quiere, así que ésa es la única razón por la que un hombre como Ryan puede casarse contigo.

Ashley apretó la mandíbula mientras un nudo le cerraba la garganta. La única explicación de que esa mujer supiera lo del embarazo era que se lo había contado Ryan. Había quebrado su confianza, y lo odiaba por ello.

–Por supuesto, se casará contigo, pero si crees que será fiel, piénsalo otra vez –ronroneó Kayla–. Si no ha podido ser fiel antes de la boda, no lo será después, y deberías saber dónde te estás metiendo. Aunque seguro que no te importa, claro, una vez que has conseguido su dinero. Ryan debería haber pedido una prueba de paternidad, para asegurarse de que es el padre...

–¡Fuera de aquí, Kayla! –gritó Ashley sintiendo que las lágrimas amenazaban con salir–. ¡Fuera! –miró a su alrededor buscando algo que tirarle y Kayla se dio la vuelta para salir riendo a carcajadas.

–Por supuesto, nunca es demasiado tarde para dar marcha atrás. Y yo no estoy definitivamente fuera de su vida –terminó de decir, y cerró la puerta.

Temblando, Ashley intentó contener las lágrimas, sabiendo que le estropearían el maquillaje. Ryan no había sido fiel. Había compartido con Kayla el secreto del embarazo cuando se suponía que sólo lo sabrían las familias. Eso le dolía más que nada.

Apretó los puños. ¡No podía seguir adelante con ese fraude! No era demasiado tarde. Podía huir en ese momento y explicárselo más tarde a su familia y amigos. Eso evitaría la boda y la salvaría de un matrimonio con un hombre en quien no podía confiar.

Se quitó la gargantilla y la lanzó contra la pared. No quería casarse con él, no importaba lo que pasase o lo que él hiciera.

Iba a quitarse el vestido pero se detuvo. Podía herir a tanta gente: la familia de Ryan, su familia, su hijo... ¿No sería mejor casarse con él, aceptar su ayuda económica y tener una vida más fácil?

Alguien llamó a la puerta.

—Ashley, es la hora —dijo su hermano—. Todo el mundo espera.

Aturdida, tomó el ramo de orquídeas y rosas blancas. Caminó despacio hacia el vestíbulo mientras su padre iba hacia ella con expresión sombría. Le alzó la barbilla.

—No pareces muy feliz —tanteó, incapaz de disimular su preocupación. Buscó en su bolsillo y sacó unas llaves—. Cariño, puedes salir por la puerta ahora mismo. Toma mi coche y vete, yo daré explicaciones por ti. No te metas en un matrimonio que te hará desgraciada. Puedes arrepentirte en el último minuto, yo estaré a tu lado. Toma las llaves del coche.

Ashley miró las llaves en la palma de la mano. Podía marcharse, su padre la apoyaría. Pero ¿quería escapar de ese matrimonio? Porque era la última oportunidad que tenía.

***

¿Había algún problema? Ryan sabía que se había pasado la hora.

Mientras permanecía de pie en el altar, se recordó que tenía que ser paciente. Quizá era algo del vestido o del peinado lo que retrasaba a Ashley.

Las damas de honor estaban en su lugar y el organista estaba improvisando, tocando la misma música repetidamente.

En ese momento su noche de bodas parecía a mil horas de distancia. Su padre permanecía a su lado, seguido de sus hermanos, de Nick y de Jack. Ryan miró a la muchedumbre de invitados. La iglesia era bonita, con paredes de piedra, el techo abovedado y un enorme órgano de tubos. La alfombra era de un azul brillante y el sol entraba por las vidrieras de las ventanas, pero él apenas lo notó. Quería mirar el reloj. Ashley llegaba tarde, algo completamente extraño en ella.

¿Dónde estaba? ¿Había sucedido algo? ¿Se había puesto nerviosa en el último minuto? Le asaltaba la preocupación y pensó en el momento de esa mañana en que había tenido la sensación de haberla presionado demasiado para casarse; aunque después había llegado a la misma conclusión de siempre: la boda era lo mejor para todos.

¿Debería haber esperado, haberla cortejado y haberse casado con ella después del parto?

Demasiado tarde ya, a menos que Ashley hubiera huido. Cambió el peso de una pierna a otra, ansioso por salir a buscarla. Había oído historias de novias que se escapaban en el último momento.

Y entonces la vio aparecer del brazo de su padre. Estaban de pie hablando y Ryan deseó que aquello empezara. Finalmente el organista recibió la señal de que la novia estaba preparada.

Mientras Ashley caminaba hacia el altar, todas las aprensiones de Ryan se desvanecieron. Se le secó la boca y se le aceleró el pulso. Recordó cuando la había conocido en una fiesta y cómo se había sentido atraído por su sonrisa fácil y su trato amigable con todo el mundo. La atracción entre los dos había sido inmediata e intensa.

Estaba impresionante, increíblemente guapa, y a Ryan no le quedó ninguna duda de que estaba haciendo lo correcto. No podía creer que no llegaran a enamorarse perdidamente.

Convencido de que estaba haciendo lo mejor, la miró. La deseaba y sabía que ése iba a ser uno de los días más largos de su vida.

Cuando ella se acercó, Ryan frunció el ceño. Estaba pálida como la nieve y no lo miraba. No podía ser que su enfado con él hubiera vuelto. La noche anterior, después del ensayo, en la cena, había parecido pasarlo muy bien y lo había besado apasionadamente para darle las buenas noches. Cuando el padre de Ashley puso la mano de ella en la suya, Ryan supo que algo iba mal. La expresión de su padre reforzó sus sospechas.

Cuando se volvieron para repetir las promesas matrimoniales, Ryan agarró la mano helada de Ashley y echó un vistazo a su cuello desnudo. ¿Dónde estaba la gargantilla que le había regalado la noche anterior? Había parecido encantada con ella y había dicho que se la pondría en la boda, pero allí no estaba.

Ryan no podía esperar para hablar con ella y trató de concentrarse en la boda. Aun así pensó que era evidente que Ashley no estaba disfrutando con todo aquello. ¿Qué había sucedido?

Finalmente, el reverendo los declaró marido y mujer. Se dieron la vuelta hacia los invitados y bajaron juntos del altar. Ryan llevaba al Ashley del brazo y se dirigió a un ujier.

–Dile al fotógrafo que ahora vamos a hacernos las fotos –se volvió hacia ella–. Ven aquí –ordenó tirándole ligeramente del brazo.

Salieron a un largo pasillo y en la primera sala vacía que encontraron, se metieron. Ryan cerró la puerta y la agarró de los hombros.

–¿Qué ha pasado? –preguntó.

–No sé por qué pensaba que podía fiarme de ti –dijo Ashley con expresión glacial–. Este matrimonio no se basa en el respeto y la confianza.

–¿De qué estás hablando? ¿Confianza en mí sobre qué?

–Sobre ser fiel. Sobre no decir que estaba embarazada y que por eso te casabas conmigo.

–¿De qué demonios estás hablando? Yo no he hecho nada de eso. No ha habido ninguna otra mujer en mi vida desde que apareciste tú. Las únicas personas a las que he hablado del embarazo han sido a nuestras familias cuando tú estabas conmigo.

–¡Por favor!

–¡Es la verdad! ¿De dónde sale todo esto?

–Kayla ha venido a hablar conmigo antes de la ceremonia...

–¡Maldición! –sintió que hervía de ira por una mujer de su pasado de la que no podía deshacerse en el presente–. ¿La has escuchado? –su ira se intensificó, pero intentó recuperar el sentido común–. Ashley, no hay nada de verdad en lo que ella te haya podido decir. Te lo juro. Desearía no haberla conocido jamás.

Ashley abrió mucho los ojos mientras le buscaba la mirada.

–Lo de Kayla se acabó. Está fuera de mi vida, le guste o no –insistió él–. No ha habido nadie...

–¿Cómo sabe que estoy embarazada?

Sorprendido, le acarició los brazos.

–Cariño, no sé qué te ha dicho, pero diría que estaba haciendo conjeturas. Si hubieras negado que estabas embarazada, te habría dejado en paz. Conociéndote, dudo que le hayas llevado la contraria. Te juro que no le he dicho que estás embarazada, y tampoco te he sido infiel.

–Me ha dicho que no era de tu clase y que te casabas conmigo por lástima, porque estoy embarazada.

–Maldita sea, olvida toda esa porquería. Ya te he hablado de mi pasado. Vengo de la nada. Yo no soy de una clase y tú de otra. Eso es absurdo, anacrónico. Tienes una familia estupenda, me gusta. Y no me caso contigo por lástima. Kayla se ha imaginado lo del embarazo, ¿se lo has confirmado tú?

–No, estaba asombrada –respondió ella tranquila–. Su acusación de infidelidad no es verdad. ¿O he sido ingenua por preguntar?

–No. Ya te lo he dicho. No ha habido nadie desde hace mucho, desde que tú has vuelto a aparecer en mi vida. Nada de lo que dice Kayla es cierto –insistió–. Te lo prometo.

Ashley buscó los ojos de Ryan, que esperó tranquilo sabiendo que ella estaba sopesando lo que había dicho sobre Kayla.

–Casi me marcho –reconoció Ashley.

–¡Gracias a Dios que no lo has hecho! –exclamó Ryan–. ¿Estás mejor?

Hubo un silencio. Después ella dijo:

–De acuerdo, puede que sea la mujer más crédula del mundo, pero acepto lo que dices.

–Ashley, el tiempo te demostrará que soy sincero. Vamos, disfrutemos de nuestra boda.

–Me he pasado toda la ceremonia pensando que cometía un error. Apenas he oído nada.

–Siento que Kayla haya arruinado tu boda. Está fuera de mi vida. Espero que hayas oído que somos marido y mujer.

–Lo he oído –dijo Ashley solemne.

–Estás preciosa –la miró–. Te recordaré siempre como estás ahora –ella sonrió–. Vamos a darnos una oportunidad. Espero que nos enamoremos.

–Y yo espero que tengas razón.

–¿Le has oído decir «puede besar a la novia»? –preguntó Ryan mirándola a la boca.

–Sí –respondió ella con ese tono de voz que tanto lo excitaba.

Se inclinó para besarla y la boca de Ashley se abrió para él mientras la rodeaba con los brazos. Su beso lo encendió y deseó estar a solas con ella. La quería desnuda entre sus brazos, en su cama.

Una llamada a la puerta los hizo volver a la realidad.

–¡Ryan! –llamó una profunda voz.

–Es Brett –dijo Ryan acercándose a abrir la puerta.

–Lo siento –se disculpó su hermano–. Os buscan para las fotos.

–Sí, sí, ya vamos –respondió Ryan deseando poder agarrar a Ashley del brazo y huir juntos. Se volvió hacia ella–. ¿Todo bien ya?

–Sí –contestó sonriendo.

Pero aún quedaba una mirada de recelo en sus ojos y Ryan se preguntó hasta dónde llegaría el daño hecho por Kayla.

–¿Dónde está la gargantilla que te he regalado?

Ashley se quedó paralizada mientras se llevaba la mano al cuello.

–Ryan, está... –se mordió el labio y parpadeó–. Lo siento, la tiré al suelo de la sala de novias. Deja que vaya a buscarla.

–No, le diré a Cal o a Brett que la busquen. No te preocupes. La gargantilla no es lo importante.

Durante la sesión de fotografías, Ryan mantuvo su brazo alrededor de la cintura de Ashley todo lo posible. En cuanto llegaron al club, se vio separado de ella por multitud de amigos y parientes que lo felicitaban y le deseaban lo mejor. Con frecuencia conseguía ver a Ashley en algún lugar del salón y, ocasionalmente, podían establecer contacto visual. Podía sentir la electricidad invisible que al instante se generaba entre los dos y tenía que reprimirse para no mirar el reloj constantemente.

Finalmente, ella estaba a su lado en el momento del primer baile. La tomó de la mano para salir a la pista. Ashley se había despojado de la cola del vestido y lo siguió.

–Quiero soltarte el pelo y quitarte ese vestido y besarte toda la noche –dijo Ryan sabiendo que debía evitar las imágenes eróticas de ella–. Estás en todo mi ser, como un embriagador vino.

–Ryan, nos está mirando todo el mundo. Espero que no puedan oírte.

–Sabes que no pueden. Eres preciosa, y sueño con tenerte entre mis brazos. Esto es una tortura y durará... ¿cuántas horas?

–La mayor parte de la tarde –contestó ella entre risas–. Acabamos de empezar. Según tú, esto es algo que ocurre una vez en la vida, así que relájate y disfruta.

–Hay otras cosas que preferiría estar haciendo –confesó–. En cuanto sea factible que podamos salir de aquí, dímelo y nos vamos.

–¿Hasta cuándo vas a mantener la sorpresa de dónde vamos de luna de miel?

–Hasta que estemos de camino.

–Que será dentro de unas horas –dijo ella en tono ligero, lo que alegró a Ryan.

La abrazó con más fuerza, pero Ashley lo empujó en el pecho.

–Nos mira todo el mundo, un poco más de contención.

–La contención no es de lo que mejor se me da –dijo en tono divertido.

Ashley bailó con Ryan preguntándose qué le depararía el futuro. ¿Se enamorarían? ¿Sería Ryan capaz de adaptarse al matrimonio y dejar su vida de playboy? La última pregunta no se le quitaba de la cabeza. El matrimonio era una brusca alteración en la vida de él, incluso más que en la vida de ella. Kayla la había desasosegado con sus afirmaciones y no podía olvidarlas con la facilidad que pretendía Ryan. ¿Estaría siendo tonta creyéndolo a él en lugar de a Kayla?

Ashley fue consciente entonces de que para haber sufrido con tanta fuerza por lo que le había dicho Kayla, tenía que estar enamorada de Ryan. Pero ¿cómo podía el amor haber calado en ella tan rápidamente? Tenía la respuesta en sus recuerdos tanto como en él cuando lo miraba.

Buscó sus ojos. Supuso que sería un padre maravilloso, pero no podía imaginárselo como un esposo devoto.

Recordó la boda de Jake y Emily, en la que ella le había confiado que era un matrimonio de conveniencia. Ashley se había sorprendido de que su amiga aceptara algo así. Y ahí estaba ella, haciendo lo mismo.

Mientras bailaba, sus esperanzas crecieron. Ya que Ryan le había dejado claro que debía ignorar a Kayla, el futuro parecía brindar posibilidades.

–¿Ya estás más contenta? –le preguntó él.

–Ryan, has hecho que me case contigo. Bueno, yo voy a hacer que te enamores de mí. Desesperadamente.

–Es una promesa que estoy deseando ver cumplida.

–Ya lo verás –dijo ella sonriendo.

Unos minutos después, el baile terminó y volvieron al límite de la pista, donde el padre de Ashley la reclamaba, y Ryan se dispuso a bailar con Laura.

–Estoy preocupado por ti, Ashley –dijo Ben ya en la pista de baile–. Es bueno contar con el apoyo económico de Ryan, pero eso no es suficiente para un matrimonio. Recuerda que siempre estaré aquí para lo que necesites, día y noche.

–Lo sé, papá. Estoy bien. Había sucedido algo perturbador esta mañana, pero ya está arreglado.

–Bien. Me alegro de oírlo. Te deseo toda la felicidad del mundo.

–Gracias. Te quiero –dijo Ashley y buscó con la mirada a Ryan, que tenía embelesada a su abuela, estaba segura.

En cuanto se terminó el baile, Ryan se acercó a ella y la agarró del brazo.

–Nos necesitan para una foto o algo así –la informó, llevándola hacia la puerta más cercana.

–Ryan, el fotógrafo ha terminado hasta la tarta.

–Ya lo sé, es sólo una excusa para estar solo contigo. Vamos, podemos escabullirnos para un beso rápido.

Ryan la metió en una sala, donde se dio la vuelta para besarla. Ella se colgó de él respondiendo como siempre a sus besos. Su boca era suave y su aroma excitante... Tenía los hombros desnudos y mostraba unas curvas torturantes. Era su esposa. Cada segundo que pasaba estaba más convencido de que había hecho lo mejor y, para su propia sorpresa, cada vez se sentía más feliz porque iban a tener un hijo.

–Tenemos que volver. Es nuestra fiesta, somos los anfitriones –susurró ella empujándolo.

–Parece que falta una eternidad para que nos podamos marchar –volvió a decir él–. Sólo un beso más –la abrazó y bajó las manos por la espalda hasta las nalgas.

Ashley casi no podía respirar y Ryan casi sentía dolor por el deseo.

Finalmente, reacio, la soltó y esa vez ella dio una paso para alejarse.

–Ryan, vamos a volver a la fiesta –le dijo con firmeza–. Tendrás que esperar.

Ryan asintió, la tomó de la mano y volvieron al salón de baile. Minutos después los rodeaban viejos amigos y él estaba en el otro extremo de la sala.

Trataba de prestar atención a la conversación, pero en su cabeza sólo estaba Ashley y la miraba constantemente. ¿Cuándo había sido alguna mujer tan importante para él? Sabía la respuesta de su propia pregunta: nunca, y eso le hacía volver a pensar que había hecho bien en casarse con ella. Estaban bien juntos, se atraían, pero había algo más profundo. Confiaba en ella, podía hablarle de sus planes, de sus esperanzas y valoraba su opinión cuando discutían de algún asunto. Además, lo encendía de pasión.

Nada de sexo después de la noche de bodas... Estaba seguro de que después de hacer el amor esa noche Ashley no se contendría los días siguientes. El sexo sería fantástico y reforzaría el vínculo entre ambos. ¿Cómo evitarían enamorarse?

Se dio la vuelta y se encontró con Kayla. Su irritación salió a la superficie, pero se moderó porque ella ya no era importante y nada de lo que dijera tenía importancia.

–Ya sé lo que le has dicho a Ashley.

–Suponía que no te casarías con ella a menos que estuviera embarazada. Y si no es así, bueno, no creo que aguantes estar con una sola mujer. En especial una que no es de tu mundo, Ryan. No creo que vayas a sentar la cabeza y ser un marido dulce y fiel –dijo sonriendo y con expresión astuta.

–Lo nuestro se ha terminado, Kayla. Absolutamente y para siempre.

–Cariño –su sonrisa se ensanchó y se humedeció los labios–, volverás. Te doy tres meses como mucho –su fuerte perfume lo asaltó cuando se puso de puntillas y lo besó en la mejilla. Después Kayla dio un paso atrás y sonrió.

–Mantente alejada de Ashley –la amenazó Ryan, preguntándose cómo podía haberse complicado con esa mujer.

Aún sonriendo, Kayla se dio la vuelta y se alejó.

Uno de sus hermanos lo llamó y Ryan se unió a Brett y a un grupo de amigos. Se olvidó de Kayla porque Ashley llenó sus pensamientos. La buscó entre el gentío. Hablando y sonriendo, permanecía con un grupo de invitados. Se preguntó si alguna vez se cansaría de verla.

Miró el reloj. «Vamos, Ashley».

Ashley miró a su alrededor y vio a Ryan hablando con sus hermanos y otros hombres. Nick Colton estaba en el grupo y vio cómo Jake se unía a ellos. Había conocido a Jake porque había organizado su boda, y ahora era invitado en la suya.

Miró a su marido. Lo había visto hablando con Kayla un corto espacio de tiempo. Cuando vio a la pelirroja darle un beso en la mejilla, Ashley había sentido un breve dolor. Nunca había sido celosa, pero le había dolido ese breve beso de Kayla. ¿Le habría dicho Ryan la verdad? Aceptaría su palabra hasta que tuviera una razón para no hacerlo, pero seguía esperando no haber sido demasiado crédula.

Lo miró mientras escuchaba a medias a quienes la rodeaban. Era tan carismático... aún no podía creer que fuera la mujer de Ryan Warner. La esposa de Ryan. El mundo parecía distinto. Si sólo... No podía dejar de desear que hubiera amor entre ellos.

Tendrían una auténtica noche de bodas. La idea le volvía las rodillas de mantequilla porque recordaba el fin de semana juntos y el consumado amante que había sido él. Volvió al presente y miró a Ryan. Sus miradas se encontraron, Ashley sonrió y él le guiñó un ojo.

Las horas pasaron lentamente hasta que finalmente decidió que era el momento de irse. Sintió nervios de última hora.

Recorrió el salón y cuando llegó hasta Ryan, lo tomó de la mano.

Él se volvió a mirarla y se disculpó con quienes estaba. La llevó a la pista de baile y la tomó entre sus brazos.

—Ya podemos irnos, pero quería un último baile —dijo ella y vio la satisfacción en su expresión.

—Ah, es la mejor noticia desde que nos declararon marido y mujer.

—Esto es mágico, Ryan. Quiero bailar y recordarlo.

—Me alegro de que lo estés pasando bien y quieras recordar este día. Es un comienzo, Ashley. Vamos a tener una buena vida.

—Eso espero —respondió solemne con la esperanza de que floreciera el amor.

En cuanto terminó la música la tomó de la mano.

–Vamos, Ashley, hemos estado de fiesta y bailado y charlando toda la tarde. Finalmente puedo tenerte para mí solo.

–Vamos a despedirnos de nuestras familias y de unos pocos más.

–Eso nos llevará más de una hora –gruñó él.

–Pero es lo que vamos a hacer –insistió ella.

–Dejemos que se queden en la fiesta, todo el mundo lo está pasando muy bien. Les da lo mismo.

–¡Como si pudieras escabullirte sin que nadie se diese cuenta! No, vamos a despedirnos y darles a nuestros amigos la posibilidad de tirarnos globos.

Fue casi una hora después cuando consiguieron meterse en la limusina. El conductor salió en dirección al aeropuerto.

Ashley había dado un vestido de seda azul a Ryan para que lo tuviera preparado más tarde y podérselo poner cuando estuvieran en el avión. Se lo puso.

–Estás tan guapa como siempre –le dijo Ryan cuando volvió al asiento junto a él.

–Gracias. Ahora, tienes que decirme adónde vamos de luna de miel –se inclinó para agarrarle las manos. Él tenía las manos calientes y pareció sorprendido.

–¡No puedes tener frío! ¿Estás nerviosa?

–Puede que un poco. Es un compromiso enorme.

–Nuevo y maravilloso.

–Esta noche vamos a quedarnos en uno de mis hoteles de Houston y mañana volaremos a una villa que tengo en la Península del Yucatán.

–¿Cuántas casas tienes? –preguntó Ashley consciente de lo poco que lo conocía.

–Tengo el piso y esta villa. En todos los demás sitios, me quedo en un hotel.

–Espero que no te hayas equivocado con este matrimonio, Ryan.

–Sé que no me he equivocado –dijo él, empezando a soltarle el pelo con cuidado.

–Voy a estar hecha un desastre cuando lleguemos al hotel –Ashley le agarró la muñeca.

–Estarás absolutamente preciosa. Me gusta tu pelo suelto, así que mejor antes que después –Ryan le quito otra horquilla–. Ya no estás enfadada conmigo, ¿verdad?

–No por lo de Kayla –se encogió de hombros.

–Gracias a Dios. Me había olvidado de ella. Espero que tú hagas lo mismo. Ella es historia, Ashley.

–Mejor, pero aún sigo pensando que deberíamos haber esperado a enamorarnos.

–Eso llegará –dijo con su seguridad habitual–. Y voy a buscarlo para que veas que tenía razón.

–Puede que al final tenga razón, pero tu método ha sido demasiado arrogante. Si dejas de tomar decisiones por mí, seré mucho más feliz.

–No tenía ni idea de que estuviese haciendo eso. Pareces muy independiente.

–No desde que te conocí –replicó ella.

–Hoy no vamos a discutir –Ryan enredó en un dedo un mechón de sus cabellos–. Has estado fantástica en la boda –añadió en un tono más grave–. Nunca me cansaré de mirarte.

–Sí, lo harás –dijo Ashley, sonriendo y agradeciendo el cumplido a pesar de lo áspero de su contestación–. Te cansarás antes de una semana, los dos. Espero que hayas traído un buen libro.

–En mi luna de miel... ¡jamás! Habrá muchas cosas que hacer que te encantarán. Ya lo verás. Confía en mí, no te hará falta ningún libro –le acarició en el cuello mientras con la otra mano bajaba por su brazo.

Ashley cerró los ojos sabiendo que si iba más lejos de los besos, se olvidaría de dónde estaban y no esperaría hasta el hotel.

Notó una punzada de ilusión mientras él la acariciaba. ¡Qué diferente habría sido ese día si hubiesen estado enamorados! Abrió los ojos y le pasó los dedos por el pelo mientras él la besaba en la garganta.

Deseaba más su amor que su ímpetu sexual y el vínculo que suponía el bebé. Respiró hondo, cerró los ojos y trató de dejar de pensar en la ausencia de amor.

Finalmente, en busca de aire, se levantó del regazo de Ryan y se sentó en otro asiento.

—Baja el ritmo, Ryan. Tus besos me derriten y no estamos solos. Espera al hotel.

—Tendré paciencia, pero no es lo que quiero —dijo con una voz que Ashley apenas reconoció.

Aterrizaron en una tarde de sol y fueron en coche hasta el hotel. Pronto, Ryan estaba abriendo la puerta de una suite en el ático. La tomó en brazos y la metió en la habitación.

—Ahora es cuando realmente empezamos nuestra vida juntos como el señor y la señora Warner —dijo él.

Capítulo Ocho

Solemnemente, Ashley le pasó los brazos por el cuello. Cada cosa que hacían aumentaba su deseo de que entre ellos hubiera un profundo amor. Recordando todo lo que él hacía por ella, trató de centrarse en los aspectos positivos.

Mientras atravesaban el umbral y Ryan cerraba la puerta tras ellos, Ashley tuvo un atisbo momentáneo de una espaciosa habitación amueblada en blanco y azul y un balcón tras una galería de cristal. Un enorme ramo de flores en un jarrón de cristal ocupaba una mesa baja. Una burbujeante sidra reposaba en hielo.

Una vez cerrada la puerta, Ryan la dejó en el suelo, le pasó un brazo por la cintura y la abrazó.

Su marido. Señora Warner. ¿Cuánto tiempo tardaría en aceptarlo?

–Estamos empezando nuestra vida en común y espero que sea fabulosa –dijo él tranquilamente.

–Ya te lo he dicho –Ashley le acarició la mejilla–: haré que te enamores de mí.

–Ya he dicho yo que vamos en esa dirección. No puedes ni imaginarte cuánto te deseo en este momento –le contestó con voz ronca.

–Quiero más, Ryan. Quiero tu corazón, tu amor, tu total compromiso con esta relación.

Ryan la abrazó y la besó. Ashley se apretó contra él anhelando su maravilloso cuerpo. Le quitó la chaqueta. Los dedos de Ryan fueron a los botones del vestido, pero ella apenas era consciente porque sus besos avivaban su pasión.

Ryan se echó hacia atrás un instante para soltarse la corbata; después la miró a los ojos mientras le bajaba el vestido por los hombros. Tiró más de él hasta pasarlo por las caderas y lo siguió con la vista mientras caía al suelo. Volvió a mirar a Ashley, que sólo llevaba un sujetador de encaje blanco y un escaso tanga.

–Maldición, eres preciosa –susurró mientras se disponía a quitarle el sujetador.

Ryan respiraba con dificultad y el poder que tenía sobre él, físicamente, tenía asombrada a Ashley. Lo excitaba de un modo que hacía que pensase que podría lograr tener su corazón.

El deseo de Ryan se fundió con su anhelo. Estaba tan sorprendida por la profundidad de su deseo por él, una necesidad que la había atormentado tantas noches vacías...

Deseosa de acariciar su piel y de mirarlo tan libremente como él la miraba, le desabrochó la camisa y le quitó el cinturón del pantalón. Acarició el musculoso pecho, enredando los dedos en los espesos rizos, y después dejó caer las manos por el tenso abdomen. Era sólido, todo músculos, liso y duro. Irresistible. Lo atrajo hacia ella y Ryan la rodeó con los brazos y la besó con más ansia que antes.

Ashley ardía de deseo por él, movía las caderas y gemía mientra Ryan le envolvía los pechos con las manos.

–Pretendo darte placer toda la noche –susurró él mientras le acariciaba los pezones con los pulgares.

Sus recuerdos no habían sido una exageración, era el amante que recordaba. Caliente, excitante, provocador. Podía ser que incluso esa vez fuera mejor, porque parecía más decidido. Lo agarró de las caderas gimiendo y cerrando los ojos. Él se inclinó para acariciarle con la lengua los afilados pezones.

Le desabrochó los pantalones y Ryan dio un paso para salir de ellos, se quitó los calcetines y los tiró.

Estaba excitado, preparado, y Ashley colgó los dedos de los calzoncillos para bajárselos. Lo hizo despacio, recorriendo sus piernas con las manos, recorriéndolo con la lengua, mirando su espectacular cuerpo, su grueso sexo que palpitaba por ella.

La tomó en brazos y Ashley le rodeó el cuello con los suyos. Se besaron. Podía notar los latidos de su corazón mientras le acariciaba el pecho. Sabía que el deseo de Ryan iba creciendo tanto como el suyo. Deseaba a su marido y esperaba seducirlo tanto como él la excitaba a ella.

En el dormitorio, él la dejó de pie en el suelo y apartó el cubrecama. Ashley no era consciente de lo que la rodeaba, sólo tenía ojos para el hombre que tenía desnudo delante de ella. Se abrazó a él, lo agarró de las caderas, y después sus manos se deslizaron hasta agarrarle las duras nalgas. Se arrodilló y exploró sus muslos mientras con la lengua recorría su vientre y escuchaba su entrecortada respiración.

Sus dedos llegaron a su sexo y lo acarició antes de recibirlo en su boca. La lengua recorrió la punta de terciopelo mientras Ashley recordaba su textura, aprendía lo que más lo excitaba, descubría más respuestas.

Con un sonido que nació en las profundidades de su garganta, Ryan la agarró de debajo de los brazos y la puso de pie. Su mirada era tan estimulante como sus besos.

–Eres la mujer de mis sueños, de mis fantasías –dijo con voz profunda haciendo que Ashley se preguntara si lo que decía sería cierto o sólo era fruto de la pasión.

La besó y mientras la acariciaba con una mano, la sujetaba con la otra.

Ella gemía ardiendo de deseo. Sus gritos eran recibidos por él en la boca. Notaba duro su sexo contra el vientre, un argumento que apoyaba lo que le había dicho.

Ryan se echó hacia atrás para mirarla.

—Quiero hacer el amor contigo hasta que me dejes hacerte cualquier cosa para darte placer. Sé lo apasionada que puedes ser, y los recuerdos de nuestro encuentro me han atormentado noche tras noche. Esto es una dulce venganza por tantas horas sin dormir —susurró y volvió a besarla.

—Tú no eres el único que busca compensación por tantas noches de soledad con unos recuerdos que hacían imposible dormir. La dulce venganza es en los dos sentidos, Ryan —añadió ella con suavidad—. Espero hacer que pierdas el control que siempre tienes, esa seguridad que muestras al mundo. Pretendo llevarte a un frenesí de deseo, unir tu corazón al mío para que te enamores de mí para siempre.

La mirada de Ryan se oscureció y su rostro se enrojeció al tirar de ella con fuerza para cerrar su boca con un beso y poner fin así a unas palabras que podían sembrar dudas en su deseo. La levantó entre sus brazos, la dejó en la cama con cuidado y se arrodilló a su lado. Empezando por los tobillos, se tomó su tiempo para acariciarla sin dejar de mirarla con un torturante deseo.

Fue subiendo lentamente por el vientre hasta llegar a los pechos, que acarició con la lengua. Cuando Ashley pensaba que no podría soportarlo un minuto más, Ryan le dio la vuelta y empezó a acariciarle la nuca y las nalgas, haciendo el camino hacia abajo. Finalmente, al sentir los besos en las rodillas, Ashley se levantó de la cama con un grito y lo empujó para explorar su cuerpo y llevarlo hasta donde la había llevado a ella.

Después de besarlo en el interior de los muslos,

lamió su duro sexo. Él se sentó y la tomó entre sus brazos silenciando su protesta.

La retuvo entre sus brazos, besándola y moviéndose hasta que los dos estuvieron estirados. Entonces le deslizó la mano entre las piernas para acariciarla y aumentó su deseo casi hasta el punto de la fiebre.

–¡Ryan! –dijo en un jadeo mientras sus dedos la atormentaban y le hacían querer cada vez más.

Entonces él volvió a cambiar de postura, le separó las piernas, se metió entre ellas y se las colgó de los hombros para poder tener acceso a su interior sin restricciones.

Con la lengua le acarició el centro de su feminidad, una nueva tortura que la consumió hasta que retorciéndose cambió de postura. Abrió los ojos y vio que él la estaba mirando.

–¡Ryan! –gimió agarrando su sexo mientras las manos de él jugaban entre sus piernas.

Era increíblemente sensual y excitante, y Ryan pensó que podría estallar de deseo por ella, pero trató de recuperar el control. Quería darle placer hasta volverla salvaje.

No tenía ni idea de lo que provocaba en él, pensó Ryan fugazmente. Al poner sus piernas en los hombros, había tomado el control casi hasta el punto límite. Y su esencia como miel, abierta para él, vulnerable y al mismo tiempo capaz de consumirlo entero, lo estaba volviendo loco. Nunca habría podido imaginar lo profundo de su deseo por ella.

La miró mientras la besaba y acariciaba, apreció su propia respuesta y supo que su control no duraría mucho más. Pero quería poseerla despacio. Su placer lo animaba y era la mayor de las prioridades.

Ella gritó y Ryan bajó las piernas de los hombros sabiendo que ya no tenía que usar protección.

Ashley abrió los ojos, se incorporó, lo rodeó con los brazos, lo besó y fue dejándose caer hasta apoyar la espalda en la cama. Él bajó con ella, sus sexos rozándose hasta que entró despacio, tratando de contenerse todo el tiempo .

En respuesta instantánea, Ashley se arqueó para recibirlo, rodeándolo con su suavidad, sus largas piernas cerradas alrededor de él. Ryan gritó mientras ella arqueaba las caderas, agarró sus nalgas y perdió la cabeza.

Ashley era la culminación de sus sueños. Luchó para tomarse su tiempo con ella.

—Ashley —rugió—. Ashley.

Ashley apenas podía oírlo por el trueno de su propio pulso. Cada centímetro de su cuerpo era un incendio. La llenaba completamente, se movía despacio, un dulce tormento que fue creciendo hasta que sus embestidas se hicieron rápidas y desesperadas.

Unas luces explotaron en sus ojos cerrados. Gritando, se incorporó para colgarse de sus hombros, de su cuello, clavándole los dedos en la espalda y en las nalgas.

Se mecieron juntos, intensificando la necesidad física hasta que ella alcanzó el clímax en una explosiva liberación que la llenó de temblores.

—¡Ryan! ¡Oh, Ryan!

—Cariño, Ashley —susurró él con voz ronca sin dejar de moverse y llevándola más allá del más salvaje de sus sueños.

Ryan llegó al clímax pero siguió profundamente dentro de ella, llevándola de nuevo al éxtasis.

—Eres mío —susurró Ashley, sabiendo que en la agonía del amor no podría oírla.

El éxtasis la inundó y le dio una profunda sensación de cercanía con el hombre que tenía entre los brazos.

Unidos como si fuesen uno, se movió con él deseando prolongar ese momento y abrazándolo con la esperanza de unirlo a ella por el amor más que por la lujuria.

Era un triunfo momentáneo, uno que Ashley sabía que se desvanecería, pero al menos esa noche era completamente suyo, la deseaba hasta un punto que ni siquiera había soñado. Su forma de hacer el amor concedía credibilidad a la posibilidad de que algún día llegaran a enamorarse.

Estaban empapados por el sudor, saciados. Ryan giró la cabeza y la besó en la mejilla, en la comisura de los labios. Ella le devolvió el beso. Aunque sabía que esa felicidad era temporal, se entregó completamente.

Rodando a un lado de ella, Ryan se quedó cerca, sin dejar de abrazarla. Ashley podía notar el latido de su corazón, aún tan acelerado como el suyo. Mientras el ritmo iba bajando lentamente, y sus respiraciones se hacían regulares, le acarició la espalda. Él la miró con placer, le apartó unos mechones empapados de la frente y se los colocó tras la oreja.

—Ha sido un gran comienzo, Ashley.

—Estoy de acuerdo con eso —dijo y él sonrió.

—Cualquier cosa antes de decir «tienes razón» —añadió en tono divertido.

Ashley le puso un dedo en los labios.

—Shh. Nada de realidad por ahora. Quiero disfrutar de este momento.

—Esto es real, créeme. Si piensas que no, te lo demostraré —susurró él.

Trazó la curva de una oreja con la lengua y ella notó el burbujeo de la excitación de nuevo.

—¡Ryan!

—¿Lo ves? Amarse es real, yo soy real.

—Sé que lo eres —dijo sonriendo.

–Ah, Ashley, hay calor entre nosotros. Mejor esta vez que la otra ocasión que estuvimos juntos. Y ésa fue fabulosa. No pensaba que se pudiera superar. Eres una mujer tentadora, deliciosa y seductora.

–Espero que pienses así –le acarició el cuello y se frotó sensualmente contra él.

–Estás empezando algo...

–No, en absoluto. Sólo me he estirado un poco. Así –volvió a frotarse contra él y Ryan inspiró con fuerza–. Hay alguien más en esta cama que es chispeante y seductor –dijo con suavidad.

–Así es –se movió y Ashley pudo notar que de nuevo estaba duro.

La rodeó por la cintura y la besó.

Para su propia sorpresa el deseo volvió a ella cuando un minuto antes había pensado que no volvería a sentirlo en horas. Recordó su fuerza y su energía, que le permitían hacer el amor durante horas. Algo urgente le hizo empujarlo y sentarse a horcajadas encima de él.

La miró con ojos turbios mientras la agarraba de las caderas y la empalaba con su rígido venablo. Jadeando, Ashley cerró los ojos extasiada mientras él la acariciaba entre los muslos y jugaba con sus pezones con la otra mano.

Una vez más, la pasión la invadía mientras movía las caderas para recibir sus fuertes embestidas. Cuando Ashley estalló con la misma fuerza que antes, Ryan se estremeció con su propio clímax.

Con un grito se dejó caer encima de él, cubierta de sudor, exhausta una vez más aunque tan llena como antes.

–Me vas a agotar –le dijo con suavidad–. No puedo moverme.

Ryan la rodeó con un brazo.

–No quiero que te muevas. Quiero que seas parte de mí.

Emocionada por su declaración, Ashley permaneció tumbada y le recorrió un brazo con los dedos notando la dureza de sus músculos incluso cuando no hacía esfuerzo.

–Eres fuerte, Ryan.

–Y tú seductora –respondió él–. Sensual, una tentación absoluta.

–Di un solo adjetivo más y no me creeré nada.

–No. Eso es todo lo que tenía que decir –replicó él–. Podemos ducharnos. Y cuando quieras cenar, me lo dices. Yo sólo deseo una cosa –insistió.

–¡Vaya cabeza de una sola idea! –exclamó ella y se apoyó en los brazos para levantarse a mirarlo.

Ryan bajó la mirada hasta sus pechos y los cubrió con sus grandes manos pasando ligeramente los pulgares por los pezones.

–¡Ryan! ¡Acabamos de hacer el amor! No puedes...

–Oh, sí, puedo. Cuando te veo así... –tomó un pezón entre los labios.

Cerrando los ojos, Ashley inspiró con fuerza y gimió de placer. Se puso al lado de él y Ryan se dio la vuelta para abrazarla y besarla.

Esa vez fue tan intensa como las anteriores, aunque más lenta, hasta que finalmente los dos llegaron al orgasmo y otra vez se quedaron abrazados. Ashley se sentía dichosa.

–Creía que habíamos establecido un récord del mundo ese fin de semana, pero si seguimos así éste...

–Lo intentaré, gracias a ti –señaló Ryan y ella se echó a reír–. Deseándote como te deseo, superaremos lo de ese fin de semana, te lo prometo. No sabes a qué me refería cuando te decía que te deseaba más de lo que podías imaginar.

–No recuerdo que me hayas dicho nada semejante.

–No prestas atención. Te lo he dicho –le dijo abrazándola con fuerza.

Ashley se sentó y se puso la sábana bajo los brazos.

Él jugó con su pelo mientras le acariciaba la espalda.

–¿Qué haces? –preguntó divertido.

–Ver dónde estamos. Ni me he dado cuenta de cómo era esto cuando hemos llegado. Es precioso.

–Es precioso –repitió Ryan con una voz que indicaba que no se refería a la habitación.

–Por tu tono sé que no aludías al hotel. Voy a aprovechar la oportunidad para ducharme –bajo su atenta mirada, salió de la cama–. ¡Ryan! Deja de mirarme así –exclamó–. Vas a hacer que me ruborice.

–Tú haces que me caliente y preocupe –respondió él colocándose las manos detrás de la cabeza y mirándola de nuevo.

Ashley trató de llevarse la sábana de la cama y envolverse con ella, pero estaba demasiado bien sujeta. Ryan se echó a reír y se levantó quitándole la sábana de un tirón e ignorando sus protestas. La tomó en brazos y la llevó a la ducha.

–Lo haremos juntos.

–Ya puedo imaginarme cómo va a terminar esto.

–Dímelo, ¿cómo?

–Lo sabes tan bien como yo.

–Quiero oírtelo decir, me enciende.

–No hace falta que te encienda. Estás inflamado sin que yo haga nada.

–Haces mucho. Pareciendo encantadora, seductora y desnuda. Respondiendo al más ligero de los roces. Tocándome de un modo que quemaría a cualquier hombre.

–Si sigues hablando, no lo haremos nunca en la ducha –dijo acariciándole el cuello.

–Sí, lo haremos –replicó él.

Ryan metió a Ashley en la gran ducha de cristal, la puso de pie y abrió el agua caliente. Mientras ella recorría su firme cuerpo con las manos, él le tocó los pezones con una manopla para excitarla.

Su cuerpo húmedo y caliente lo excitaba. El agua caía sobre ellos mientras él se tomaba su tiempo.

Fuerte y viril, era perfecto. Tenía el pelo negro pegado a la cabeza, algunos mechones en la frente le daban un aspecto aún más peligroso. Ashley pensó que llevaban casados sólo unas horas, y se conocían desde hacía menos de un año. Estaba sorprendida por el riesgo que asumía cuando sabía tan poco de él. Además, estaba su despiadada y arrogante voluntad... aunque su irresistible atractivo sexual compensaba su carácter.

¿Podría evitar que le rompiera el corazón? ¿Tentarlo para que se enamorara de ella? Estaba llena de preguntas sin respuesta. Una cosa era cierta: lo amaba.

Las manos de Ryan recorrieron su cuerpo electrificándolo. Temblaba por sus caricias mientras su deseo se incrementaba otra vez.

Ryan recorrió el exterior de su muslo con una mano y después subió por el vientre, hasta llegar a sus pechos, mientras metía una pierna entre las de ella. Después le rodeó la cintura con un brazo y la atrajo hacia él levantando la pierna para ejercer presión en su sexo.

–Ryan...

La besó para que no siguiera hablando.

Mientras se frotaba contra su pierna, Ashley lo acariciaba. Tenía los ojos cerrados, disfrutando de todas las sensaciones. El agua caliente caía sobre ellos y el calor creció hasta alcanzar la temperatura del infierno.

Ryan la levantó e hizo que lo rodeara con las piernas, la acomodó sobre su sexo y luego la dejó bajar lentamente para poder llenarla.

Ashley gritó de placer y se echó hacia delante para agarrarse de sus hombros y poder besarlo. El pulso se le aceleraba mientras él se clavaba en su suavidad, llenándola, llevándola hacia la liberación.

–¡Ryan, ámame! –gritó sin dejar de besarlo.

Ryan sintió llegar su clímax a la vez que el de ella, y entonces bajaron el ritmo, hasta que finalmente volvió a bajarle las piernas una vez más.

–Me has agotado –dijo ella sonriendo y acariciándole la mandíbula–. Vamos a ducharnos.

–Por supuesto, para eso estamos aquí.

–Seguro que una ducha era todo lo que tenías en la cabeza cuando me has traído aquí.

–Admítelo. ¿Ha sido la mejor ducha que te has dado nunca o no? Y sé qué respuesta quiero escuchar.

Ashley se puso la mano en el corazón y dijo:

–Querido, definitivamente ha sido la ducha más sexy de mi vida –dijo arrastrando las palabras.

–Tenía que hacerlo por ti.

–Lo has conseguido –dijo dándose la vuelta para salir de la ducha.

Él le dio una palmada en las nalgas.

–¡Eh! –exclamó ella bromeando.

–Deja que lo bese para que mejore.

–¡No te atrevas! Voy a salir de la ducha y a secarme antes de parecer una pasa.

–Cariño, no podrías parecer una pasa aunque te quedaras en el agua hasta mañana.

–Gracias, pero así es como me siento –agarró una toalla y él se la quitó de las manos.

–Deja que lo haga yo.

–Gracias, amable caballero –dijo educadamente mientras él la secaba lánguidamente.

El deseo se puso en marcha otra vez sorprendiéndola por lo fácilmente que podía provocarla. Entonces la llevó a la cama para amarla otra vez.

Eran pasadas las cuatro de la madrugada cuando se duchó otra vez e insistió en secarse ella sola.

–Me muero de hambre, Ryan. Estaba demasiado nerviosa para comer antes de la boda, demasiado ocupada a lo largo de ella y después hemos estado haciendo el amor.

–Pediré algo.

–¿A estas horas?

–Sí. Hay un pequeño equipo que se queda hasta las cuatro de la madrugada. El turno de mañana llega a las cinco, así que hay servicio toda la noche. Como hago yo... –dijo con voz profunda.

–Ya he visto ese brillo en tus ojos. Espera al menos hasta que hayamos pedido la comida.

–Y después ¿puedo hacer más llevadera la espera contigo?

–En realidad, tendrás que esperar hasta que coma. Si me besas, no oiré que llaman a la puerta y me quedaré sin cenar.

–¿Te importaría? –preguntó juguetón.

–A mi estómago sí, pero ya sabes lo que me haces. Puedes lograr que me olvide del mundo.

Ryan dejó caer la toalla y se acercó hasta apoyarle las manos en los hombros y mirarla a los ojos.

–Espero poder hacerlo y espero hacerlo siempre.

Ashley lo miró más intensamente apreciando una desacostumbrada nota solemne en su voz.

–Sabes que lo haces. Lo estás haciendo ahora mismo.

Ryan la besó intensamente y la abrazó con fuerza.

–Esperaré y te daré de comer. No quiero que te desmayes de hambre.

–Si tú me sujetas, no me importa –dijo ella.

–Siempre te sujetaré, quédate cerca y estarás a salvo.

–Eso espero –respondió Ashley, pensando que se estaban refiriendo a facetas diferentes de la vida–. Espero que no me rompas el corazón –repitió.

–Jamás, Ashley. Ya lo verás. Mantendré mi palabra.

De nuevo Ashley volvió a escuchar la advertencia de Kayla de que jamás sería fiel a ninguna mujer. Con cuidado, se envolvió en una toalla. Ryan fue a por una seca y se la colocó alrededor de la cintura. Después a por la carta y se la dio.

–Mira a ver lo que quieres. Yo sé lo que quiero –añadió con voz ronca mirándole los pechos.

–Ryan, deja de acosarme y vamos a comer algo.

–Lo intentaré, pero me lo estás poniendo difícil.

Ashley inspiró con fuerza y abrió la elegante carta en busca de algo apetitoso.

–¿Crees que puedo pedir estas cosas a la hora que es?

–Dime lo que quieres y lo pediré. Hay un restaurante a la vuelta de la esquina que abre toda la noche, así que podemos ir allí para que comas lo que quieras si no lo hay aquí.

–Me gustaría el pollo asado –dijo, y le devolvió la carta.

En menos de una hora estaban sentados a la mesa del comedor con la comida delante de ellos. Los dos llevaban un grueso albornoz del hotel.

Quitaron las tapas de los platos y Ashley miró el dorado pollo asado rodeado de patatas.

–Me muero de hambre, Ryan –dijo bebiendo un sorbo de agua y después atacando el pollo.

Ryan tenía un jugoso filete de ternera rodeado también con patatas. Después de comer un par de bocados, Ashley alzó la vista para encontrarse con que él la estaba mirando.

–¿Qué? –preguntó.

–Estoy pensando en nosotros y en nuestro futuro. Podemos empezar a diseñar la casa que queremos construir y cuando volvamos a casa elegir dónde quieres vivir.

Ashley pensó en las posibilidades que ofrecía Dallas.

–Quiero un sitio cerca del colegio al que vaya a ir el niño.

–De acuerdo, pero debes considerar los colegios privados, podemos permitírnoslo.

–Cuando haya un nieto, mi familia querrá vernos con frecuencia, y tu padre también. Él está en Dallas, así que será fácil –dijo considerando otras posibilidades–. Creo que sería mejor vivir en el noreste, a las afueras.

–Lo que quieras. Tendremos que pensar en un nombre. Es muy pronto para que una ecografía nos diga lo que es, ¿no?

–Sí –dijo ella–. ¿Prefieres niño o niña?

–Me da lo mismo. Quizá preferiría que fuese una niña porque me he criado en una casa de varones, pero lo único que me importa de verdad es que sea un bebé sano.

–Estoy de acuerdo, pero me alegro de saber lo que sientes.

–Ajá, así que estamos en completa armonía también en este tema.

–¿En qué más estamos en completa armonía? –preguntó divertida.

Ryan alzó la vista por encima de ella. Ashley se dio la vuelta para ver adónde miraba y se encontró con la cama.

–Oh, eso –dijo sonriendo.

–¿Has comido lo bastante como para que no te desmayes?

–Sí –contestó, apenas capaz de hablar mientras lo miraba levantarse y tomarla de la mano.

Ryan la rodeó con los brazos y la besó. En cuanto la tocó, el corazón se le disparó. Cerró los brazos alrededor de él y le devolvió los besos. Rápidamente él le quitó el albornoz y siguió besándola mientras la llevaba al dormitorio.

Estaba asombrada de que hubieran seguido haciendo el amor durante el resto de la madrugada. Finalmente se durmieron después de que el sol iluminara la habitación. Se despertó y abrió los ojos y miró a Ryan mientras dormía.

Estaban abrazados. La barba asomaba en las mejillas de Ryan. Se preguntó si se cansaría de mirarlo alguna vez, lo mismo que había dicho él de mirarla.

Ryan abrió los ojos y Ashley quedó atrapada en su profundo verde.

–Buenos días, señora Warner. Hoy será nuestro primer día completo de casados. Hagámoslo tan bueno como sea posible. Recuerdo algo de haber prometido que nada de relaciones físicas... pero ¿podemos tener algunos abrazos, besos, amor esta mañana dado que aún es parte de la noche de bodas?

Capítulo Nueve

Sin decir nada, Ashley lo miró. Tenía el pulso desbocado. Podía sentir su sexo erecto presionando contra ella. No tenía ganas de hablar y su anhelo por él era intenso.

Le apartó unos mechones de pelo de la frente y después miró su boca. Le pasó la mano por el cuello y lo besó.

Al instante Ryan la rodeó con sus brazos y la atrajo hacia él con fuerza. La hizo rodar sobre su espalda y él se colocó encima.

Le había respondido con sus acciones, ¿cuándo volverían a una vida sin relaciones físicas? ¿Quería ella que eso sucediera?

La besó y Ashley se movió ligeramente para que pudiera acariciarle los pechos, separó las piernas y él se deslizó dentro llenándola mientras ella gritaba de placer.

Después de alcanzar ambos el clímax, siguieron abrazados.

–Buenos días, señora Warner. Vaya forma fantástica de empezar el día.

–En eso también estoy de acuerdo. En este instante, no quiero moverme. Esto es el paraíso.

–Entonces no nos movamos –respondió él–. Podemos quedarnos horas o todo el día. Lo que quieras.

–Esto es un gran principio –dijo ella trazando la línea de sus labios con el índice hasta que él lo atrapó con los dientes y le lamió la yema.

–¿Puedes dejar de ser tan provocativa un minuto para que recupere el aliento?

–Creía que eso era lo que te pedía yo. Sólo reacciono a tus provocaciones.

Ashley se sentía feliz de dejar a un lado preocupaciones o recuerdos que sabía le quitarían la tranquilidad.

–¿Qué programa hay hoy?

–Hacer el amor contigo.

–¡No todo el día! –exclamó ella–. ¿Dónde queda la promesa de esperar para mantener relaciones?

–Eso depende de ti. ¿Sigues queriendo que sea así? –preguntó Ryan, mirándola intensamente.

Mientras ponderaba el futuro, Ashley le pasó un dedo por la mandíbula. ¿Debería lanzarse a una apasionada relación que se evaporaría cuando tuvieran una crisis? ¿O eso los uniría? No podía responderse a sus preguntas.

–Así está bien, Ryan –dijo.

–Es más que bueno. Es fabuloso, sexo espectacular.

–Podemos posponer la decisión hasta después de la luna de miel –respondió con cuidado–. ¿Qué te parece?

–No lo preguntes dos veces –dijo él con satisfacción en los ojos.

–Pero –Ashley apoyó las manos en su pecho cuando él se inclinó para besarla–. Quiero desayunar o comerme la cena fría o algo. Anoche no comimos apenas.

–Tienes razón. Mi estómago se queja y no es bueno para ti saltarte comidas. Olvidémonos de la cena fría y desayunemos.

–¡Genial! –exclamó Ashley empezando a levantarse, pero él le agarró la muñeca.

–Quédate donde estás. Voy a por la carta. Podemos leerla en la cama y pedir desde aquí.

–Eso me hace sospechar que tienes otras intenciones.

–En absoluto –dijo él inocente–. Sólo es que pasará algo de tiempo entre que pedimos el desayuno y nos lo traen, tiempo para un beso o dos...

–Trae la carta –le pidió Ashley entre risas.

Ryan saltó de la cama y cruzó la habitación. Estaba desnudo, musculoso y en forma, y se deleitó con la visión. Para su sorpresa, la pasión se despertó de nuevo. Estaba asombrada por lo fácilmente que se excitaba. Ryan desapareció en la sala contigua y volvió en unos minutos, visiblemente listo para el amor. Cuando llegó a la cama, se quedó de pie al lado ofreciéndole una carta, y Ashley acarició su sexo ligeramente.

–Está despierto otra vez.

–Es por tu culpa, pero vamos a pedir primero. No quiero marearme esta mañana, o desmayarme de hambre.

–Entonces será mejor que te metas debajo de las sábanas, fuera de mi vista –susurró dándole un lametazo.

Ryan gimió, pero se alejó, dio la vuelta a la cama, se metió debajo de la sábana y la abrazó.

Cuando llegó el desayuno habían hecho el amor otra vez, se habían duchado y estaban vestidos con los albornoces azules. Ashley se quedó en el dormitorio mientras Ryan trataba con el camarero. Finalmente, se reunió con ella, la tomó de la mano y desayunaron en la terraza.

Una ligera brisa jugaba con el pelo de Ryan mientras sonreía y le tomaba la mano a Ashley por encima de la mesa.

–Había pensado que voláramos esta mañana a las once –dijo él.

–No tengo ni idea de la hora que es.

–Sobre las nueve.

–¡Dios mío! ¿No tenemos que salir ya? Tenemos

131

que estar en el aeropuerto dos horas antes si es un vuelo internacional.

–No si el avión es mío. A las once es la hora que le he dicho al piloto. Tenemos tiempo y no le quitaré ojo al reloj.

–Estoy perdida en un mundo que es como el paraíso.

–Más tarde te mostraré lo que tu afirmación significa para mí.

–Todavía no –respondió ella–. Tengo que desayunar.

Mientras Ashley miraba los jardines que rodeaban el hotel, Ryan la contemplaba de perfil, admirando sus largas pestañas y su hermosa piel. Contempló sus redondos labios, tan delicados, que tan fácilmente se inflamaban cuando se unían a los suyos.

Volvió a excitarse, a desearla, y se preguntó si llegaría el momento en que podría mirarle la boca sin pensar en besarla, sin excitarse. Ansiaba más sexo con ella y cada minuto que pasaba la boda le parecía una idea mejor. ¿Cómo podía Ashley resistirse continuamente a su unión? Podía darle tanto... y además anhelaba compartir su vida con ella y con su hijo.

Ashley se dio la vuelta para mirarlo. Ciertamente se había casado con la mujer más hermosa y excitante posible.

–¿Qué estás pensando, Ryan? Aunque no sé si necesito preguntar...

Mirando sus finos dedos, Ryan se llevó la mano de ella a los labios y la besó en los nudillos.

–Te estoy deseando, admirando, anhelándote, recordando anoche y esta mañana, deseando colocarte en mi regazo, quitarte el albornoz y llevarte al paraíso.

–Creo que tenemos un avión al que subirnos; además no vas a hacer algo así en la terraza –miró a lo lejos–. La mañana es preciosa y la vista maravillosa.

–Es más maravillosa en el dormitorio –dijo en tono grave.

Ashley se dio la vuelta para mirarlo y el fuego que vio en sus ojos la dejó sin aliento.

–¿Entonces por qué no entramos? –preguntó con voz sugerente.

Ryan se puso en pie y la llevó de la mano al interior deteniéndose delante de un gran espejo que cubría toda una pared. Se dio la vuelta para mirarla y le soltó el cinturón del albornoz. Se soltó y se lo abrió. Estaba desnuda debajo y cerró los ojos cuando se lo quitó. Las manos de Ryan fueron a su cintura y la recorrió con la mirada mientras le daba la vuelta, la ponía de espaldas delante de él y jugaba con sus pechos.

–Míranos, Ashley. Eres preciosa y esto es impresionante.

Ella se dio la vuelta para rodearlo con los brazos y besarlo. Él la abrazó haciendo un gran esfuerzo por mantener el control y tomarse su tiempo para hacer el amor.

Más tarde, cuando su avión estaba en el aire girando hacia el sur, Ashley miró el Golfo azul. Cuando Ryan la tomó de la mano, se volvió a mirarlo.

–¿Cómo puedes estar ahí sentado y no contemplar esta maravillosa vista? –cuando él se encogió de hombros, Ashley arrugó la nariz–. Harto de viajar –acusó y se volvió a la ventana.

–Espero que te guste –dijo acariciándole el cuello–. Espero enseñarte el mundo. Y que los dos se lo enseñemos a nuestro hijo.

Cuando lo miró escrutadora, Ryan arqueó las cejas y preguntó:

–¿Qué significa esa mirada?

–Me sorprendes constantemente –dijo tranquila–. Nunca sé qué esperar de ti.

–Bien. Eso añade interés a la vida. Aborrecería ser completamente previsible.

–A mí me gustaría poder prever algunas cosas y entenderte.

–Llevará una vida, espero, conocernos en todas nuestras facetas.

–Eres un optimista, seguro de ti mismo, testarudo y arrogante.

–Ajá –dijo besándola en la garganta y después mirándola a los ojos–. Con la excepción de arrogante, los dos somos iguales en esas cualidades, excepto que puede que no seas tan optimista como yo.

–¡Oh, por favor! De ninguna manera soy tan arrogante ni tan testaruda.

–Espero que llegue el día en que digas: «Cariño, tenías razón y lo que hiciste ha sido maravilloso para los dos» –dijo acariciándole la nuca y haciéndole perder el hilo de la conversación.

–¿Puedes dejar de ser irresistible un momento?

–¿Quién es ahora arrogante? –preguntó él con un guiño.

–No podemos hacer el amor aquí, en el avión –insistió Ashley.

–Es mío y podemos, pero no lo haremos si quieres esperar.

Ashley se dio la vuelta para mirar hacia abajo y vio una enorme extensión de agua azul que se fundía con el azul del cielo.

Era media tarde cuando Ryan la tomó en brazos para entrar en su villa. Fueron directos al dormitorio, que daba a un patio y más allá a la arena y las aguas azules con la espuma blanca de las olas que rompían contra la orilla.

–Ryan, ¡esto es el paraíso! –exclamó Ashley pensando que era el lugar más impresionante que había visto.

–Intento que lo sea –dijo él y la dejó de pie en el suelo–. Aquí es donde pasaremos nuestra luna de miel. El servicio está de vacaciones, sólo son tres personas. Dos cocinan y otra limpia. Nos han dejado comida y vendrán en un par de días a reabastecernos. Los conocerás cuando lleguen. No hay ninguna otra casa en kilómetros a la redonda, así que tenemos intimidad, pero podemos ir a la ciudad si quieres.

Escuchando apenas, Ashley le tomó la mano y tiró de él. Ryan dejó de hablar y se concentró en ella, que lo abrazó para besarlo.

Al instante, él la abrazó. Ashley había visto el destello de sorpresa en sus ojos, pero desapareció tan rápidamente como había llegado.

Unos segundos después se amaban apasionadamente, como si Ashley estuviera decidida a unirlo con ella. En los estertores de la pasión, se movían salvajemente al unísono. Frotándose los ojos cerrados, lo abrazó fuertemente. Sus pensamientos giraban perdidos en la urgencia del momento, e, incapaz de contenerse Ashley susurró:

–Te amo.

Su corazón era de Ryan para siempre.

Después, cuando estaba tumbados desnudos, y Ashley reposaba agotada y dichosa entre sus brazos, Ryan la besó en las mejillas y le quitó el pelo del rostro. Se apoyó en un codo y la miró.

–Ashley, las cosas cada vez son más fantásticas entre nosotros. Cuanto más hacemos el amor, más te deseo.

Lo miró solemne y le apartó un mechón de la frente.

–Eso es ridículo, pero me encanta oírlo –se preguntó si habría oído lo que había susurrado.

Decidió que no. Ryan no dejaría pasar semejante declaración. ¿Qué pasaba si se lo volvía a decir?

Él no había hecho semejante compromiso con ella. Incluso en los momentos más intensos, no había habido palabras de amor entre ellos.

Si revelaba sus sentimientos, ¿podría él declararle su amor por sentido de la obligación o por agradarle? No pensaba que lo hiciera. Sospechaba que jamás pronunciaría las palabras a menos que fueran ciertas.

Lo besó en la mejilla y él la miró con evidente felicidad. La había acusado de ser testaruda, independiente y con confianza en sí misma, pero no era eso lo que le preocupaba. Él había conseguido atravesar las barreras de su corazón, superar su fría lógica y destruir su resistencia con sus besos.

–Esta intimidad nos hará estar más unidos –dijo él–. Ya lo verás.

–Espero que tengas razón –frotó una pierna contra él y Ryan inspiró con fuerza.

–Pensaba que quizá querrías bañarte –dijo él con voz ronca.

–Sí, podemos ir en cuanto me dé una ducha –replicó Ashley rodando lejos de él.

Ryan tiró de ella.

–Acabas de decirme que querías más.

–¿Por esto? –Ashley volvió a frotarle la pierna.

Él la abrazó y la besó.

–El baño puede esperar –dijo–. Yo no.

***

136

El último día de la luna de miel, el primer sábado de mayo, lo pasaron bañándose tranquilamente, desayunando en el patio, haciendo el amor y volviéndose a bañar. Después de comer, Ashley tomó la mano de Ryan y dijo:

—Pronto vamos a volver al trabajo y a las agendas y los viajes. Tengo una boda en Houston nada más volver y estaré fuera al menos cuatro noches.

—Yo tengo que ir a San Diego a la inauguración de un hotel, así que también estaré fuera. Vuelvo el viernes. Celebraremos nuestro encuentro —dijo sonriendo.

—Yo no vuelvo hasta el sábado por la noche, así que tendrás una noche para ti solo.

—¿Y no pueden adelantar la boda un día por tu pobre y solitario marido? —bromeó, y Ashley arrugó la nariz—. ¡Ya sabes lo difícil que va a resultar! Sabes mucho de bodas. Me gustaría que estuvieras en Houston el mismo tiempo que yo estoy fuera, pero te haré un gran recibimiento cuando llegues.

—Ryan, esta semana ha sido fabulosa. Me lo he pasado muy bien, hemos hecho el amor fantásticamente, me has cubierto de regalos, de comidas exóticas, deliciosas. Cada minuto ha sido una pura bendición. Odio tener que dejar el paraíso y volver a la realidad —admitió ella.

—Haré todo lo posible para que estés bien en casa —dijo él—. Y para mí, sólo tienes que estar tú para que sea el paraíso.

Ashley sintió que se le paraba el corazón. Era la ocasión en que más cerca había estado de admitir que tenía fuertes sentimientos hacia ella.

—Creo que la amistad entre los dos va creciendo, Ashley —dijo él con firmeza—. Hemos hablado durante horas esta semana y aprendido mucho el uno del otro, de lo que nos gusta y de lo que queremos. Hemos hecho cosas juntos y lo hemos pasado de fábula. Me has contado algunos problemas que tienes con las próximas bodas y te he hecho alguna sugerencia. Te he contado problemas de mis negocios, lo que aborrezco viajar tanto, y tú me has hecho sugerencias válidas.

–Así es, Ryan, y tienes razón en lo que dices. Estamos más unidos –dijo feliz de que él lo admitiera.

–Siento que puedo confiar en ti, contar contigo. Y espero que tú sientas lo mismo conmigo. Y aunque te he tenido que convencer de que te casaras conmigo espero el día en que me digas que estás feliz con esta unión.

La esperanza de que se enamorara de ella creció. Su reconocimiento era otra potente señal de que estaba comprometido con ella en una relación permanente que era importante para él.

–Ryan, lo que dices es más importante para mí de lo que puedo explicar –susurró Ashley y se sentó en su regazo.

Él la abrazó y la besó y terminó la conversación, pero ella sabía que jamás olvidaría una sola palabra de lo que él le había dicho.

Más tarde, cuando ya habían recogido sus cosas y estaban listos para marcharse y el coche había ido a buscarlos, Ashley se detuvo a mirar a su alrededor. Podía oír el sonido de las olas en la playa. A través de la puerta abierta vio la cama donde habían hecho el amor tan bien.

–Volveremos, Ashley –dijo Ryan mirándola–. Ésta es mi casa, recuerda.

–Lo sé, pero esto ha sido una luna de miel, una experiencia de una vez en la vida y ha sido un auténtico paraíso –se volvió a mirarlo–. Todos los momentos han sido maravillosos, Ryan –dijo, sincera y sorprendida de lo que semana había significado para ella.

Él soltó la maleta y recorrió la distancia que los separaba para abrazarla y besarla largamente, hasta que Ashley le apoyó la mano en el pecho y dijo:

–¡Ryan! ¡Nos está esperando un coche!

Él sonrió y tomó su maletín mientras un hombre se acercaba a llevarse las maletas.

En el coche, Ashley miró hacia atrás disfrutando de la vista de la hermosa villa, pensando que, para ella, siempre sería el paraíso en la tierra. Ryan le pasó un brazo por los hombros y salieron hacia el aeropuerto.

–Empezaremos inmediatamente a buscar el sitio para construir la casa. Puedes decirme qué decorador quieres. Yo tengo un constructor, a menos que tengas alguna objeción.

–Ninguna, no conozco ningún constructor.

–Bien. Diré a mi secretaria que empiece a reunir información sobre escuelas. Cuando tengamos alguna idea sobre dónde queremos vivir, podemos investigar la escuela más concienzudamente.

–Yo también miraré escuelas, Ryan. Creo que será más importante informarnos sobre ellas primero. Encontremos un colegio excelente y después veremos la zona.

–Eso es razonable –reconoció él sonriendo–. Llevará su tiempo construir una casa, así que consigue un decorador y pongamos una habitación para el niño en mi apartamento –añadió–. Hay muchas habitaciones, así que no tenemos prisa por construir nuestra casa.

–¡Maravilloso! –exclamó ella–. No podría enfrentarme a una mudanza en estos momentos.

–Me alegro de que me lo digas, y de que siempre me comuniques cómo te sientes.

–Lo haré. ¿Cuándo no he hecho públicas mis objeciones?

–Siempre me has hecho saber todo –dijo él entre risas.

–Seguiré así. Si no te gusta, mala suerte, has sido tú el que se ha metido es esto.

Cuando llegaron al piso y Ryan la tomó en brazos para cruzar el umbral, Ashley rió a carcajadas.

–¿Cuántos umbrales me vas a hacer pasar en brazos?

–Todos los que pueda. Me encanta tenerte entre mis brazos, además eres un peso pluma.

–No tanto –Ashley le rodeó el cuello con los brazos.

–Bienvenida a casa –dijo Ryan con calidez.

–Ryan, este matrimonio es algo bueno. Admito que hasta ahora me encanta estar casada contigo.

–¿Hasta ahora? Voy a tener que hacerlo mejor. Quiero una aceptación incondicional.

Ashley casi añadió «quiero tu amor», pero se mordió la lengua y lo abrazó antes de que se diera cuenta de lo profundo de sus sentimientos hacia él.

–Lo que vas a tener es una vuelta a la rutina, el trabajo y los problemas –dijo ella–. Los dos.

–Siempre volveré a casa contigo y eso hará que valga la pena.

«Siempre». Aquella forma de hablar le hacía pensar a Ashley en el nacimiento de vínculos entre ambos, y rogó que fuera eso lo que estaba sucediendo, porque su amor por él crecía día a día. No pasaría mucho tiempo sin que Ryan se diera cuenta de sus auténticos sentimientos. Lo besó para que dejara de mirarla.

Ryan se echó hacia atrás y le enmarcó el rostro con las manos para mirarla directamente a los ojos.

–Tengo la sensación de que aún hay algo que no va bien. ¿Qué te preocupa?

–Nada que el amor y el tiempo no repare –señaló ella volviendo a abrazarlo.

***

El martes Ashley dio un beso de despedida a Ryan y ambos salieron para sus oficinas antes de abandonar la ciudad. Ryan quería que uno de sus pilotos la llevara a Houston, pero ella ya tenía los billetes de una compañía comercial, así que siguió adelante con sus planes.

Todo el tiempo que estuvieron separados, hablaron por teléfono siempre que pudieron.

El sábado, cuando Ashley salió para la boda, tenía el equipaje hecho y estaba lista para volver a casa. No podía esperar para ver a Ryan. Era una boda de mañana y a media tarde se subió al avión para Dallas.

Durmió todo el viaje y cuando llamó a Ryan al aterrizar, él no le contestó.

Mientras conducía hasta el piso, su anticipación crecía. Un deportivo rojo estaba aparcado frente a la casa y se preguntó si él tendría compañía. Ashley trató de contener la decepción de no encontrarlo solo en casa esperándola.

Entró en el garaje y se sorprendió al ver que no estaba el coche de Ryan. El deportivo rojo sería de alguien de otro piso de la zona. Supuso que Ryan volvería pronto porque sabía a la hora que llegaba ella.

Cuando entró en la casa por la puerta de atrás, la alarma estaba apagada. Sorprendida, dado que el coche de Ryan no estaba en el garaje, recordó el deportivo y pensó en que podía haberlo conducido él, alquilado o comprado.

–¡Ryan! –llamó–. ¡Ryan! Estoy en casa.

Mientras entraba por la puerta delantera, oyó los pasos de alguien. Se detuvo paralizada por la conmoción al ver a Kayla salir del dormitorio principal.

Capítulo Diez

Ashley no se podía mover. Kayla también se detuvo y se miraron.

Mientras miraba a la pelirroja, la cabeza le daba vueltas. Kayla llevaba ropa en la mano y un bolso colgado del hombro. Estaba tan guapa como siempre y fue ella la que inició la conversación.

–¡Ashley! –dijo en un jadeo.

–¿Qué haces aquí? –preguntó Ashley envarada y con dificultad para hablar.

Kayla no respondió y volvieron a mirarse. Después sacudió la cabeza y se encogió de hombros.

–Tengo que irme. Has llegado pronto –se dio la vuelta bruscamente en dirección a la puerta principal.

Ashley sintió una náusea y luchó por contenerla.

–¿Por qué estás tú en nuestra casa? –dijo siguiendo a Kayla.

–¿Por qué crees? –respondió ella–. He estado anoche con él mientras tú estabas fuera. Me he olvidado algunas cosas y he vuelto hoy a por ellas. Esperaba haberme ido antes de que llegarais cualquiera de los dos. Ryan me dejó una llave hace tiempo.

–Sal de mi casa –gritó Ashley con furia.

–Ya me voy –dijo Kayla encogiéndose de hombros–. Nunca lo tendrás. Ni siquiera al principio de vuestro matrimonio. No se conformará con una sola mujer, así que será mejor que te hagas a la idea –salió por la puerta y la cerró de un portazo.

Ashley sintió que se le doblaban las rodillas mientras se llevaba la mano al estómago para contener las náuseas. Estuvo un tiempo sin moverse, y después, apenas sin pensarlo, se movió rígida, salió por la puerta y cerró.

Sólo podía pensar en ir a algún sitio para pensar tranquilamente, tratar de enfrentarse a lo que acababa de suceder y decidir qué hacer. Se metió en el coche y se marchó.

Su matrimonio era tan frágil como un castillo de naipes. ¿Por qué había confiado en él? Su padre se lo había advertido. Ella sabía que se metía en algo que tenía escasas posibilidades de éxito. Se dio cuenta de que Kayla había estado diciendo la verdad cuando había hablado con ella antes de la boda y le había dicho que Ryan no le sería fiel.

Él la había engañado. Sintió dolor. Ella lo amaba pero no iba a vivir con un hombre infiel que había mentido tan descaradamente.

La rabia alivió el dolor, pero el sufrimiento seguía arraigado profundamente. Nunca podría deshacerse de él por el bebé, así que tenía que planear cómo manejar el inmediato futuro.

Se enjugó las lágrimas y trató de concentrarse en conducir sin saber siquiera adónde se dirigía.

Se dio cuenta de que no sabía en que parte de Dallas estaba, así que empezó a prestar atención a las señales hasta que consiguió salir a una autopista y se dirigió a Fort Worth. En el primer aparcamiento que vio, se detuvo y llamó a Ryan desde el móvil.

En cuanto escuchó su profunda voz, su dolor se disparó aunque una diminuta chispa seguía ardiendo con la esperanza de que Kayla no hubiese dicho la verdad.

–Ah, parece que mi día ha mejorado –dijo él lleno de alegría–. Dime que ya estás en Dallas.

–Así es –dijo Ashley.

–No te noto mucha alegría en la voz, Ashley. ¿Te encuentras mal?

–No, no lo estoy. Ryan, tengo que hacerte una pregunta.

–Claro –dijo, su tono era más sombrío–. ¿Qué pasa?

–He llegado a casa y estaba Kayla –dijo sin rodeos–. Me ha dicho que tiene llaves del piso y que se había dejado alguna ropa. ¿Ha pasado la noche contigo como ella ha afirmado? –contuvo la respiración cerró los ojos y esperó que él lo negara enfáticamente.

–Escucha, Ashley, sabes...

–Respóndeme. ¿Ha estado anoche en el piso? –le preguntó mientras la decepción la inundaba.

–Sí, pero eso no quiere decir nada. Esta vez tienes que escucharme mientras me explico.

–No te molestes. Ya has dicho bastante. Ha estado contigo y eso lo dice todo. Luego te llamo; hasta que lo haga, déjame en paz –a pesar de oír sus protestas, colgó.

Lo amaba y sintió cómo el corazón se le hacía mil pedazos. No quería verlo ni hablar con él hasta que hubiera tomado alguna decisión sobre qué iba a hacer.

Al menos por esa noche, quería que Ryan no pudiera encontrarla. Mientras empezaba a salir del aparcamiento, sonó el móvil. Vio que era él e ignoró la llamada.

Sin contestar a sus persistentes llamadas, se incorporó a la autopista y condujo sin un destino fijo. Pasó Fort Worth y siguió hacia el oeste hasta que encontró un motel decente.

–¿Cómo has podido, Ryan? –dijo en voz alta en el coche vacío–. ¿Cómo has podido hacernos esto? –repitió.

Kayla había sido la única que había dicho la verdad. Ryan había dicho que podía explicarse, pero era evidente que podía decir toda clase de mentiras que parecieran plausibles. Kayla había estado allí. Tenía llave porque había vivido allí con él. La idea era horrible y Ashley deseó mudarse lo antes posible. Aparcó delante de la recepción del motel y entró.

En cuanto se quedó sola dejó correr las lágrimas hasta que se calmó.

–¿Cómo has podido? –exclamó en voz alta–. ¿Cómo has podido hacerlo? Maldito seas, Ryan –gritó y volvieron las lágrimas.

Ryan juró mientras escuchaba la señal de llamada que Ashley no quería atender. Fue hasta el piso y vio que el coche de ella no estaba, pero aun así subió. La buscó en la casa vacía. Siguió llamándola en vano. Frustrado se quedó de pie pensando. Era sábado y en su oficina no habría nadie, pero aun así llamó, y al no obtener respuesta decidió acercarse hasta allí.

Antes de salir, sonó el timbre. Sorprendido, por un instante sintió que la esperanza renacía, pero ella no llegaría a casa y llamaría a la puerta. Se acercó a abrir y vio a Kayla.

–¿Qué demonios haces otra vez aquí? –saltó–. Has venido hoy y le has dicho que estuviste aquí anoche.

–Bueno, así fue. Y sí, lo he hecho y lo admito, porque es sólo la verdad. Nunca serás feliz con ella Ryan. Serás...

–Kayla –dijo apretando los dientes–, te dije anoche y te lo vuelvo a decir ahora por última vez que estás fuera de mi vida por completo. Me arrepiento de haberte dado una llave. Voy a cambiar las cerraduras para que no puedas volver a interferir. Estoy casado y amo a mi esposa.

–No me lo creo ni un segundo –dijo ella con una carcajada–. Apenas la conoces.

–No me importa nada lo que tú creas. Sal de mi vida y deja de interferir. Hemos acabado para siempre, y desearía no haberte conocido jamás.

–Eso es cruel, Ryan.

–Lo sé, pero es la verdad. Ahora, mantente alejada de mí y de mi familia –dijo y le cerró la puerta en la cara.

Cuando salió del piso, Kayla y su coche ya no estaban y esperó que fuera la última vez que la viera. Corrió a la oficina de Ashley. El complejo estaba desierto. Eran más de las seis y todo estaba cerrado.

Rodeó el edificio y sufrió una gran decepción cuando vio que detrás no estaba el coche de ella. Le había dejado unas llaves, así que entró y desconectó la alarma.

–Ashley –llamó, pero sólo le respondió el silencio–. ¡Ashley!

Buscó en los despachos. Nada. ¿Adónde habría ido? ¿Por qué al menos no hablaba con él?

Volvió a casa con la esperanza de que ella se hubiera calmado y hubiera regresado. Tenía preparada una cena con velas, y se puso a prepararlo todo por si volvía. Pero nada.

Su frustración se incrementó y llamó a un cerrajero para que el lunes cambiara las cerraduras y mantener así a Kayla fuera. Volvió a la cocina y llamó de nuevo a Ashley, pero no respondió.

Miró al vacío. Había dicho a Kayla que amaba a su esposa, pero nunca le había dicho a Ashley algo semejante. No había dejado de pensar en ello, pero se había dado cuenta de lo dentro de su corazón que la tenía.

¿Por qué no había examinado antes sus propios sentimientos? Tendría que haberle dicho lo mucho que significaba para él y que la amaba. La amaba y quería que volviera a casa con él.

–Te quiero, mi amor –dijo en la sala vacía–. Ven y deja que te lo diga. Responde al teléfono.

Volvió a llamar y saltó el contestador.

–Ashley, quiero hablar contigo, cariño. Llámame –dijo–. Ashley, te amo. Eres la mujer de mi vida –colgó el teléfono y soltó un juramento frustrado por hablar con una máquina–. Por lo menos, escucha los mensajes. Llámame.

Ashley se tumbó mirando al techo. Estaba aturdida. Incapaz de pensar o hacer planes. No sabía cuándo se había quedado dormida, pero fue consciente de que la había despertado el teléfono.

Lo miró sin intención de responder. Cuando vio un número conocido, se dio cuenta de que podía ser su padre o su abuela. Miró el reloj y vio que eran las cinco y media.

Nunca llamaban a una hora tan temprana. Preocupada, atendió la llamada.

–¿Ashley? –dijo Ben.

–¿Estás bien? –preguntó ella.

–Estoy bien, pero preocupado por ti.

–Estoy bien –dejó escapar un suspiro de alivio–. Es muy pronto para llamar y me he asustado.

–No quería asustarte, cariño. Ryan acaba de irse de aquí.

–¿Ha estado ahí? –preguntó asombrada.

–Sí. Ha dicho que temía que si llamaba le dijéramos que no estabas aquí aunque sí estuvieras. Se ha ido hace una media hora y no quería que te despertara, pero le he dicho que trataría de ponerme en contacto contigo. He decidido no esperar más. Ashley, Ryan está terriblemente preocupado por ti.

–Estoy bien y no quiero que se preocupe la abuela, ni tú.

–Estamos más tranquilos ya que hemos hablado contigo. Cariño, Ryan ha hablado conmigo. Quiere que vuelvas a casa. Tienes que escuchar su versión de la historia.

–Me advertiste sobre mi confianza en él –dijo sorprendida por el cambio de su padre.

–Lo hice, pero eso fue antes de la boda. He tenido una larga charla con él. Está muy preocupado por ti y quiere hablar contigo. Te quiere mucho. Vete a casa y deja que se explique. Tu abuela y yo también estamos preocupados.

–Voy a ir a casa esta mañana y a hablar con él. No os preocupéis.

–Ésa es mi chica. Dejaremos de estar en ascuas si lo llamas y vas a casa.

–Lo haré –prometió asombrada por el cambio de su padre–. No te preocupes. Hablamos luego.

–Cuídate. Te quiero –dijo Ben y colgó.

Ashley se quedó mirando el teléfono y marcó el número de Ryan.

–¡Ashley! ¡Gracias a Dios que me llamas! –exclamó con voz clara y fuerte.

–Acabo de hablar con mi padre –dijo seca.

–¿Dónde estás? Tengo que hablar contigo.

–He dormido en un motel, salgo para tu piso. Estaré ahí en una hora y podremos hablar –dijo sintiendo que el corazón se le rompía y sin poder controlar las lágrimas.

–Yo estoy de camino desde tu casa. Trataré de llegar tan pronto como tú.

–No hay prisa, Ryan –dijo sabiendo que correría–. Adiós.

Apática y agotada por la falta de sueño, temía hablar con él cara a cara. Aún estaba asombrada por el cambio de su padre. Había confiado en Ryan una vez; dos eran demasiadas.

Cuando llegó al piso, el coche de Ryan no estaba. Entró en la casa vacía y la asaltaron los recuerdos de Kayla. Apartó esos pensamientos duchándose y poniéndose ropa limpia. Se cepilló el pelo y oyó un coche. Atravesó la casa y estaba en la puerta de la cocina cuando entró Ryan.

–¡Ashley! –llamó–. ¡Ashley!

Corrió hacia la puerta mientras él corría hacia ella.

–¡Gracias a Dios que estás aquí!

Conmocionada, lo miró mientras iba hacia ella a grandes zancadas.

Capítulo Once

Tenía barba de tres días. La camisa arrugada y fuera del pantalón. Los ojos rojos, estaba despeinado. Algo que Ashley nunca había pensado que pudiera suceder.

Fue hacia ella dispuesto a abrazarla, pero Ashley alzó una mano.

–Más despacio, Ryan –dijo seca.

Él inspiró, dio los pasos que le faltaban para llegar y la abrazó. La miró a los ojos.

–Ryan, suéltame.

–No quiero soltarte nunca –dijo brusco–. Te amo, Ashley.

El corazón casi se le paró. Quería rodearlo con sus brazos y creer lo que decía, besarlo, pero no podía.

–Estuviste aquí con Kayla la noche del viernes, como ella dijo.

–¿Me escucharás mientras te explicó por qué?

–No creo que me importe la razón –respondió firme.

–Sí, te importará. Vino sin que yo lo supiera–afirmó con palabras lentas y precisas–. Le dije que entre nosotros se había acabado todo para siempre. Se fue. Ésa es la verdad y fue todo lo que pasó.

–Ryan, tenía una llave...

–Es de hace mucho tiempo. Le dejé la llave una vez y nunca se la pedí. Francamente, se me había olvidado. Admito que tuve una relación con ella hace tiempo, pero una vez que apareciste en mi vida, no ha habido otra mujer. Ni una. Ella está fuera de mi vida para siempre y la eché de aquí el viernes por la noche a los veinte minutos de llegar.

Ashley tuvo la esperanza de que fuera verdad. Lo miró sabiendo que sólo el tiempo lo diría. Lo amaba, así que aceptaría lo que decía. Parecía sincero. Aceptó sus explicaciones y su corazón latió aliviado.

Ryan le tomó el rostro con las dos manos.

–Ashley, te amo, cariño. Te amo más que a nada en el mundo y sé que debería habértelo dicho antes.

Sorprendida, lo miró mientras sus palabras calaban en ella. Después lo abrazó. Ryan la rodeó con sus brazos y la besó con tanta pasión que Ashley empezó a temblar.

¡La amaba! Se echó bruscamente hacia atrás.

–Ryan, ¡te amo! Te quiero tanto que a veces creo que se me va a romper el corazón.

–No he dormido y no te puedo decir lo preocupado que he estado. No quería preocupar a tu padre y tu abuela, pero estaba casi seguro de que te habrías ido a casa al ver que ninguna de tus amigas sabía de ti.

–Oh, Dios. ¿Has llamado a mis amigas?

–Sí. Lo siento, pero estaba desesperado.

–Las llamaré, pero después –le quitó un mechón de pelo de la frente–. Ryan, te amo con todo mi corazón –declaró antes de besarlo de nuevo–. Debería haberte escuchado.

La levantó en brazos y se detuvo al llegar al dormitorio.

–Te amo, Ashley. Debería habértelo dicho antes. Creo que te quiero desde el principio, pero no me había dado cuenta. Sé que te quería antes de casarnos, pero no me paré a mirar mis propios sentimientos. Debería habértelo hecho saber.

–Puedes repararlo ahora –dijo ella sonriendo.

–Te amo –susurró él y la dejó en el suelo al lado de la cama.

Se quitaron la ropa el uno al otro sin dejar de mirarse.

–Te quiero, Ashley. Eres la única mujer que he amado –dijo ronco por el deseo.

Y los dos se mecieron juntos hasta que llegó la liberación.

Más tarde, mientras estaban el uno en brazos del otro, Ryan la miró y le dijo:

–Te amo y nunca te lo diré lo bastante.

–Nunca me cansaré de oírlo. He esperado para escucharlo. Te amo y creo que es desde la boda de Emily y Jake.

–No puedo dejar de pensar en lo importante que ha sido que volvieras a mí –añadió él–. No volveré a hacer algo así. Cada vez que quiera a alguien, a ti, a mi familia, a nuestro hijo, se lo voy a decir desde el principio. Ashley, si Kayla vuelve a intentar algo así otra vez, ignórala. Hace mucho que está fuera de mi vida, desde que te conocí. Siento que haya estado alguna vez, pero ya no está y pronto no será ni un recuerdo. Espero que para ti tampoco.

–Me alegro de que me quieras y de quererte.

–Te quiero, mi bella esposa.

–Nunca me cansaré de oírtelo decir –dijo Ashley, emocionada por sus palabras–. Y yo voy a repetírtelo constantemente.

La besó y se abrazaron. Ashley empezó a hacer círculos en el vientre de Ryan y él la miró.

–¿Sabes lo que haces?

–Creo que sí –dijo ella en tono de broma, y él rodó para colocarse encima de ella y besarla en el cuello.

Epílogo

En la habitación del hospital había globos y un enorme ramo de tulipanes blancos. Ashley estaba rodeada de almohadas y tenía un bebé entre los brazos.

–Es precioso, Ryan.

–Es un niño muy guapo. Benjamin Zachary Warner. Creo que es un buen nombre. Mi padre está encantado y parece que también el tuyo.

–Lo está –vio a Ryan cruzar la habitación y volver.

–Esto es para ti, Ashley –dijo él sentándose a su lado con un paquete.

Con curiosidad, sonriendo, desató el lazo y quitó el papel. Abrió la caja y encontró otra. Cuando la abrió había un lecho de terciopelo azul y sobre él una pulsera de oro y diamantes. Se quedó sin aliento ante la magnitud del regalo.

–Ryan, es preciosa.

–Es para ti, mi amor –dijo él–. Te quiero, Ashley, y quiero demostrártelo con este regalo.

Ashley dejó la caja en la cama y estiró el brazo libre. Antes de poder hacer nada, llamaron a la puerta.

–Adelante –dijo él.

Se abrió la puerta y apareció la cabeza de la abuela.

–¿Se puede?

–Entra a conocer a Benjamin Zachary Warner –dijo Ryan.

Laura dio un grito de alegría y corrió hacia Ashley.

–¿Qué tal estás? –preguntó tras inclinarse a ver a su bisnieto.

–Bien –dijo Ashley abrazando a su abuela, y cuando alzó la vista vio a su padre con un gran ramo.

–Hemos traído unas flores –dijo Ben mientras Laura se las quitaba y las dejaba en la mesa–. ¿Cómo esta mi chica? –le acarició la mejilla.

–Estupendamente.

–Aquí está su primer nieto, señor –dijo Ryan tendiéndole al bebé.

–Míralo –dijo tomando al niño en los brazos.

–Quiero verle el pelo –dijo Laura apartando el gorro para ver unos rizos negros. Rió y miró a Ryan–. Tiene el pelo de su padre. ¡Es adorable!

Llegaron el padre y los hermanos de Ryan. Ben le dio el niño al padre de Ryan.

–Aquí está Benjamin Zachary Warner. Con nuestros dos nombres tendrá que estar a la altura –bromeó Zach.

Brett le dio una palmada en la espalda a Ryan.

–Enhorabuena. Eres padre. No puedo creerlo.

–Será mejor que te hagas a la idea –dijo Ryan.

Llamaron de nuevo a la puerta. Eran Emily, Jake y Nick. Emily corrió a la cama para felicitar a Ashley mientras Jake y Nick se estrechaban las manos con el grupo de hombres.

–Emily, ésta es mi abuela, Laura Smith. Abuela, ella es Emily Thorne.

Tras saludarse, Emily volvió a dirigirse a Ashley.

–Enhorabuena. Es fantástico que haya nacido tu bebé. No he podido verlo porque están entre todos los hombres –dijo mirando al grupo–, pero lo haré en unos minutos si se lo puedo robar.

–¡Ashley! –dijo Jake acercándose a la cama.

Unos minutos después, Laura reclamó a su bisnieto al grupo de hombres. Volvió y se reunió con Ashley y Emily.

–Ya podemos ver al nuevo miembro de la familia –dijo orgullosa–. Es muy tranquilo.

–Eso espero –dijo Ashley con una sonrisa.

Ashley se dio cuenta de que Emily no estaba tan radiante como el día de su boda, aunque era normal una vez instalada en la rutina diaria. Recordó que su amiga le había confiado que era un matrimonio de conveniencia y se preguntó si la unión no iba bien.

Pensó en su propio matrimonio y miró a Ryan para encontrarlo mirándola a ella. Deseó estar ya en casa con el bebé para empezar su nueva vida. Miró sus ojos verdes y sintió que su vínculo era más fuerte cada día.

Nick fue el primero en irse y, tras decirle adiós a Ashley, comentó algo con Ryan y Jake antes de marcharse. Los Thorne se fueron cuando llegó Jenna y después Carlotta llegó con otra amiga de Ashley. Fueron algunos viejos amigos de la familia y después todo el mundo se marchó.

Ryan se quedó en la habitación para ayudarla con él bebé. Cuando se quedó dormido en el nido, acercó una silla a la cama, le tomó la mano y se sentó.

–Te quiero, Ashley. Tenemos un hijo precioso y sano.

Ashley se llevó la mano de Ryan a los labios y pensó en lo afortunada que era.

–Es un milagro, Ryan. Lo mismo que tú –añadió–. Abrázame.

–No me lo vas a tener que pedir dos veces –exclamó él, se echó a su lado y la abrazó con cuidado.

–Nuestro hijito es perfecto y soy la mujer más afortunada de la Tierra.

–Y yo el hombre y el padre más feliz. Te quiero.

–Yo también te quiero. Tenías razón. Estoy mucho mejor casada, lo mismo que el pequeño Ben, con un padre y una madre que lo quieren. Siempre has tenido razón. Me dijiste que un día lo admitiría, pero no pensaba que llegaría tan pronto.

–¿Estás segura?

–Completamente.

–Ah, cariño. No puedo decirte lo feliz que me haces –dijo Ryan–. Te quiero más de lo que te imaginas, y voy a pasar el resto de mi vida demostrándotelo.

Con el corazón desbocado, Ashley le pasó un brazo por el cuello y lo abrazó mientras le mostraba todo su amor con un beso, agradecida por haberse casado con él, sabiendo que lo amaba con todo su corazón.

–Esto es el paraíso, Ryan –susurró y después volvió a besarlo mientras el corazón se le abría de felicidad.

Deseo™

Falso compromiso

Catherine Mann

El anuncio del compromiso entre Matthew Landis y Ashley Carson estaba en
boca de todos. Parecía que el primo-
génito de una de las familias más im-
portantes de Carolina del sur estaba
prometido con una chica... normal.
¿Tendría algo que ver aquel compromiso con la salida a hurtadillas de
Matthew de la casa de la señorita
Carson? ¿Qué futuro tenía aquella relación que "alguien" había filtrado a
la prensa?

HARLEQUIN Deseo

Falso compromiso

Catherine Mann

Lo tenía todo menos una esposa... y un poco de amor

Acepte 2 de nuestras mejores novelas de amor GRATIS

¡Y reciba un regalo sorpresa!

Oferta especial de tiempo limitado

Rellene el cupón y envíelo a

Harlequin Reader Service®
3010 Walden Ave.
P.O. Box 1867
Buffalo, N.Y. 14240-1867

¡Sí! Por favor, envíenme 2 novelas de amor de Harlequin (1 Bianca® y 1 Deseo®) gratis, más el regalo sorpresa. Luego remítanme 4 novelas nuevas todos los meses, las cuales recibiré mucho antes de que aparezcan en librerías, y factúrenme al bajo precio de $3,24 cada una, más $0,25 por envío e impuesto de ventas, si corresponde*. Este es el precio total, y es un ahorro de casi el 20% sobre el precio de portada. ¡Una oferta excelente! Entiendo que el hecho de aceptar estos libros y el regalo no me obliga en forma alguna a la compra de libros adicionales. Y también que puedo devolver cualquier envío y cancelar en cualquier momento. Aún si decido no comprar ningún otro libro de Harlequin, los 2 libros gratis y el regalo sorpresa son míos para siempre.

416 LBN DU7N

Nombre y apellido	(Por favor, letra de molde)

Dirección	Apartamento No.

Ciudad	Estado	Zona postal

Esta oferta se limita a un pedido por hogar y no está disponible para los subscriptores actuales de Deseo® y Bianca®.
*Los términos y precios quedan sujetos a cambios sin aviso previo.
Impuestos de ventas aplican en N.Y.

SPN-03   ©2003 Harlequin Enterprises Limited

Julia

...ños después de que su mejor amiga muriera en un acci-
dente en la noche de su graduación, Brody Austin decidió
que había llegado el momento de dejar de huir y volver a
Troublesome Gulch, Colorado, y superar el dolor y la culpa
que aún lo mortificaban. Poco después, una casualidad hizo
que se encontrara cara a cara con Faith Montesantos, la hermana pequeña de su amiga... que había crecido mucho.
Por supuesto, Faith seguía echando de menos a su hermana
mayor, pero prefería recordar los momentos felices que había compartido con ella, y parecía empeñada en enseñar a
Brody a hacer lo mismo.

De cara al pasado
Lynda Sandoval

De cara al pasado
Lynda Sandoval

**Había ido allí para enterrar
los demonios del pasado**

Bianca™

Por culpa de un error, nunca podría conseguir que aquel hombre sintiera lo mismo que ella sentía por él...

Dante D'Aquanni era un hombre poderoso con una reputación que debía cuidar. Por eso no podía tolerar que Alicia Parker se presentara en su villa del lago Como, acompañada de la prensa y con la pretensión de hacerle responsable del embarazo de su hermana.

Pero resultó que el amante de su hermana era el hermano de Dante. Él quería algo más que una disculpa; quería que Alicia le acompañara en su siguiente viaje de negocios.

Por muy maravilloso que fuera aquel mundo de lujo y pasión, Alicia sabía que debía alejarse de su lado porque se estaba enamorando de un hombre que la despreciaba...

Chantaje a un millonario

Abby Green